KB120605

잘라내기는 또 어딘가에서 붙여넣기를 하고

시작시인선 0333 잘라내기는 또 어딘가에서 붙여넣기를 하고

1판 1쇄 펴낸날 2020년 6월 10일
지은이 유혜영
펴낸이 이재무
책임편집 차성환
편집디자인 민성돈, 장덕진
펴낸곳 (주)천년의시작
등록번호 제301-2012-033호
등록일자 2006년 1월 10일
주소 (03132) 서울시 종로구 삼일대로32길 36 운현신화타워 502호
전화 02-723-8668
팩스 02-723-8630
홈페이지 www.poempoem.com
이메일 poemsijak@hanmail.net

ⓒ유혜영, 2020, printed in Seoul, Korea

ISBN 978-89-6021-493-4 04810
     978-89-6021-069-1 04810(세트)

값 10,000원

＊이 책 내용의 전부 또는 일부를 재사용하려면 반드시 저작권자와 (주)천년의시작 양측
 의 동의를 받아야 합니다.
＊잘못된 책은 바꾸어드립니다.
＊지은이와 협의 하에 인지는 생략합니다.
＊이 책의 국립중앙도서관 출판시도서목록(CIP)은 서지정보유통지원시스템 홈페이지(http://
 seoji.nl.go.kr)와 국가자료공동목록시스템(http://www.nl.go.kr/kolisnet)에서 이용하실 수 있습니
 다.(CIP 제어번호: CIP2020022189)

＊이 도서는 2018년도 아르코문학창작기금 지원사업에 선정되어 발간된 작품입니다.

잘라내기는 또 어딘가에서 붙여넣기를 하고

유혜영

천년의
시작

끝없는 출렁거림의 현주소는 어디일까?

네 번째 고백.
최소한의 부가가치에 최댓값을 올리며
최대한으로 나를 앓고 있는……

멈출 수 없는 시작이었다.

차 례

시인의 말

제1부

제1부

찢청

찢어진 청바지를 입고부터 나는 무엇이나 찢는다 그 무엇이 뭐지? 가 될 때까지 나는 찢는다 다듬어지지 않은 질감으로 엇박자를 내는 어떻게를, 어떻게에서 수없이 도망치는 망설임을, 망설임 속에 웅크리고 있는 움찔거림을, 움찔거림의 시작인 두려움을 청바지처럼 찢는다 청색보다 더 푸르러서 새파랗게 질리는 자존감을 찢고 있는, 저것들의 배후는 무엇인가? 꽃은 허공을 찢어야 제맛이다 망설이며 피는 꽃은 없다 숨이 턱턱 막히는 개화의 순간에도 한 치의 거리낌이 없다 꽃은 이미 완성된 파국, 순서와 애절 따윈 필요 없다 찢청을 입고 찢어지며 찢으면서 간다 찢어져서 꽃으로 죽을 나, 다음은 그다음의 문제, 다음에 다음까지 찢는다

이것은? 멀쩡하지 않은 저 청색들의 세계

너덜너덜해진 후에 만나는 나다운 맨살의 세계

매니큐어의 증언

매니큐어를 지우니 거울이 나옵니다
화장 속 민낯이 있는 그대로 비치네요

공터인가요
누가 자꾸 공을 차 던지나요 쓰레기를 투척하나요
불특정 다수인 줄을 아는 것은
그 안에 나도 있다는 거지요
사실은 잔인합니다
별 볼일 없어 칙칙한 날마다의 비애
절정을 덧칠해 뜨거운 열망으로 각색합니다

당신의 매니큐어는 명왕성 빛이 될 수 없습니다
어린 왕자를 데려와도 장미꽃을 잔뜩 피워도
별빛은 흐르지 않아요
이 별이 숨결을 잃고 저 별로 떠나갑니다
오늘의 당신은 어제의 당신인가요
당신의 결말은 언제였나요
감추고 있는 나의 기억들이
자꾸 실제 상황을 꿈꾸고 있네요

벗겨지면 꼼짝없이 확실해지는 태도
들키면 본색이 됩니다
울음이 묻어나는 오늘, 뜨거움이 잔인함을 품고
형형색색 연출하는 매일매일이
황홀한 아이러니를 배반하고 있습니다

일요일엔 라 쿠카라차*

도발하기에는 일요일이 가장 저렴하지
나는 사라지지 않아, 울지도 않아
라 쿠카라차 라 쿠카라차
나의 주식은 고독, 고독으로 전진 전진
손주를 지나 아들을 지나 며느리에게로
아름다운 일요일이에요 어머니
그녀의 눈동자 속에 바퀴벌레 한 마리 뜬다
반어적인 웃음 상냥하게 잔인하다
여긴 캄캄하고 축축해서
딱 고독이 살기 좋은 환경이에요
야무지게 내뱉는 그녀의 묵언
그래도 나는 매번 명랑한 사람
고독 한 마리 뒤에 수만 마리 고독이 있다는 걸
아는 그녀에게 나는 연약한 고독만을 들킨다
바쁜데 와줘서 고마워,
알약처럼 고백한다
1초의 반의반 반의반의 반 그 반의반도 안 돼서 응답한다
탁탁, 생존을 쫓아다니며 폭죽처럼 터지는 친절
3억 년 동안 바다를 증명하고 있는 바퀴벌레
몸속에 잠자고 있던 비굴이 발가락과 더듬이로 자란다

16

흠칫, 그녀가 나의 눈에서 그녀를 본다
그녀의 그녀에 눈에 바퀴벌레로 뜨는 그녀를 본다
끊임없이 내림을 거듭하던 고독, 전이된다
나는 나이고 싶어 명랑하게 주문을 건다
라 쿠카라차 라 쿠카라차

* 라 쿠카라차: 바퀴벌레의 스페인어.

꽃을 묻다
—위안부 소녀상

맨 앞줄에 세워지는 거다

꽉 막혀 버린 앞과 보이지 않는 뒤가

개떼처럼 밀물져 오는 거다

짓밟혀서 증발하거나 침몰하는 거다

꺾은 사람이 참화慘華를 묻고 있는 거다

꽃이 핀 것이 죄라면

그날 이후 살구꽃도 봉숭아도 백일홍도 전부 다 죄다

열셋 열다섯 열일곱 소녀가 피어서 죄다

꽃이 꽃일 수밖에 없어서 죄다

질 수 있는 권리도 함께 져버린 꽃

사람은 늙어도 꽃은 늙지 않아서

아직도 끊임없이 꺾고 있는 누군가가 있다

컹컹 짖으며 끊임없이 뛰어드는 개떼

물어뜯긴 자리마다 죽은 소녀가 자꾸자꾸 피어난다

죽어서도 죽지 않는 소녀

눈만 뜨면 고이 잠들고 싶은 소녀

미안하다는,

그때도 틀리고 지금도 틀렸는데

사죄는 죽은 이후에도 받고 싶은데

으르렁으르렁거리는 야만

개들은 언제나 은밀하게 집요하게 급소를 잘 문다
미친개들이 자꾸자꾸 창궐하고 있다

식물성

급하게 소환되는 나무

나의 식욕이 고장 난 것은 합리적인 의심이다
나는 동물성을 반환한다
먹히고 또 먹혀도
걷고 걸어도 언제나 일시정지가 되고 만다
아무리 지껄이고 있어도 입 다물어지고
마구마구 잎새로 피어나 쉽게 낙엽이 된다
한없이 뒤척이며 절규하지만
바람에 나부낀다고 하는 예보는 나에게만 들린다

파란과 소란을 갉아 먹기 위해
벌레가 꿈틀거린다
박박 긁는다
아무도 나의 가려움에 반응하지 않는다
세상과 이어진 인대까지 헐거워진 나
끝끝내 자발적 감금 증후군이다
눈동자만 남고 다 굳어버린 몸뚱이
아작아작 먹잇감을 산 채로 씹고 있는
엽기적인 식성에 원초적으로 반응하는 동공

허물어지는 자존감에서 슬며시 눈을 뜬다

식물인간이란 말뜻을 나는 모르는데
나는 여전히 야성적으로 움직이는데
왜 당신만 보지 못하는가
가장 두려운 것은 뜻대로 움직이지 않는
당신의 마음인데……

마이너스통장과의 동행

단순한 빼기가 아니다
생각에서 플러스를 빼버린다
'−'는 거대한 강물 앞에 서있는 나에게
생긴 모양 그대로 곧은 다리가 되어줄 거라 믿는다
나란히 손잡고 함께 걷는다

뭐지? 꽉 틀어잡고 있는 이 불길한 느낌
잡은 손에서 진땀이 배어 나온다
동행이 파행으로 치달을 것만 같은 예감
앞으로 한 발짝 가면 뒤로 두 발짝 빠진다

외줄기를 벗어나지 못한 채 나는 걷는다
거침없는 바람이 나를 속속들이 훑고 지나가지만
맨몸이 드러난 나는 쉽게 창피해할 수도 없다
잠시 난간에 기대어 수다와 명랑과 휴식을
흘러가는 물 위에 띄운다
이것도 예정된 풍경일까

천변 다리 끝에는 항상 저 건너가 있다
가진 자만이 갈 수 있는 유토피아, 그곳에 나는 없다

악취가 나의 다리를 감싼다

한 발 한 발 걸어갈수록 시궁창 속이다

다리 아래를 내려다보니 누군가 떨어진 흔적조차 없다

사람도 누우면 마이너스가 된다

훌쩍 뛰어내리면 마이너스가 완결된다

잘라내기는 또 어딘가에서 붙여넣기를 하고

너의 어디를 자르면 쉽게 잊을 수 있을까
처음부터 내가 쉬웠던 너
그래서 끝도 쉬워버리는 너

너의 모든 쉽게를 싹둑싹둑 잘라낸다
흔적 하나 남기지 않고
통째로 들어낸다

쓸모없는 기억처럼 너는 쉽게 부활한다
순식간에 움을 틔울 자리를 물색한다
흑백 사진첩 옆이나 침대 모서리 주변을 서성인다
내상까지 아문 척
재생을 넘어 기생을 시도한다

나는 붙여넣기를 완강하게 거부한다
격렬하게 나를 흔들며
네가 떠난 쪽을 향해 광기가 고이게 한다
애증이란 단어를 믿지 않기에
상처 낸 사랑은 진짜 사랑이 아니기에
모든 빌미를 물어뜯고 기척과 기미를 제거한다

오늘도 너의 다시 시작 모드마저 잘라버리려
다른 쪽으로 걸었다
그런데 반대편에도 네가 무성하다
세상엔 왜 이리 복사된 너의 그림자가 많은지
끝까지 쉽지 않은 마지막을 쉽게 잘라내려다
나는 끝내 오리무중이 되고 만다

이것이 이별에 집착하는 방식이다
뿌리가 너무 깊다

리셋

나의 슬픔은 날마다 리셋된다
덜어낸 줄 알았는데
알약을 떠났는 줄 알았는데
어느새 슬픔은 독방 가득 차오른다
아무도 모르게 흔적을 남기지 않는 방법을 찾는다
내가 좋아하는 자살 사이트에는
죽는 방법 네 가지가 친절하게 올라있다

슬퍼도 리셋되고 슬퍼서 리셋되는 리셋마저 죽이는 방법
숙주인 슬픔을
1. 한꺼번에 몽땅 투약하기,
먹느냐 먹히느냐 독약도 달다
먹방이 생각나 침이 고이고 말았다
당연히 자연스럽게 배설되는 슬픔
2. 벼랑에서 밀어버리기,
만유인력의 법칙이다 굴러떨어지는 슬픔,
비로소 한 걸음 내딛는 나, 뛸까 날까
마음먹기 달렸는데 아파트엔 난간만 있고 벼랑은 없다
3. 손목 긋기
한 잎 두 잎 붉게 피어나는 나

물처럼 어디라도 형태가 되는 슬픔, 피는 물보다 진하니까
수조 속에 담근 손목은 핑계가 아니니까
한참 만에 발견된다면 퉁퉁 불어터진 슬픔
5. 가스실로 보내기,
연탄 한 장으로 가장 저렴한 노선이다
오백 원에 재가 되어 발길에 채이는 슬픔

어느 방법을 선택해도 넘치는 치사량이다
진짜 슬픈 것은 날마다 증식하는 수치심이다
아무도 슬퍼하지 않을까 봐
다시 리셋되지 않는 리셋 앞에서 불현듯 멈춘다

헛꽃

참선 중이다
빈 대궁에서 꽃이 피어나 품었던 시간을 펼쳐놓고 있다
바람이 속세의 달콤함을 이야기해도
수없이 나비 날아와 머뭇거려도
바람을 앞질러 간 꽃잎이 나비 날갯짓의 간격만큼
무욕으로 출렁이고 있다

피고 지는 꽃의 질서
시작이 없는 즈음에서 그 절망을 내려놓는다
암술을 지운다
수술을 지운다
스스로 지워버림은 저 혼자 캄캄해지는 것
제 허벅지에 칼을 꽂아
숙명처럼 박힌 사랑의 갈증을 도려내는 일
멀고 먼 입술부터 전해 오는 아득한 풍경에도 흔들리지 않고
꼬리를 끌고 이 꽃 저 꽃 분탕질하며 날아다니는
날개의 소실점만을 껴안고 서성이는 일

색을 거세한 캄캄한 흰 꽃잎이 크고 황홀하지만
말씀보다 먼저 누워버린 비애일까

암묵처럼 깊고 진한

색즉시공이 허공을 찢고 또 찢는다

백두산에 가는 사과

사과는 백두산에 간다
백두산에게 사과하러 간다
백두산은 애국가를 여는 산
애국가를 전혀 모르는 산
실제로 가본 적이 없어 모르면서도
백두산을 아는 척하는 산
애국가를 부를 때 한 번도 미안해 본 적 없었던 산
어릴 때 백두산에 가자고 조르다 매만 맞고 빌었는데
목에 걸리는 사과가 그때 출몰했는데
오늘은 진짜 사과를 위해서 백두산에 간다

비공식적인 팩트로는
사과는 줄 때 당도가 확 올라간다고 한다
사과도 뛰는 심장이 있다는 거다
그래서 말로만 사과는 먹히지 않는다
애국가를 부를 때마다 나는 앵무새가 된다
자랑스럽게 4절까지 완주한다
그런데 이곳에 와서 보니
몸속 사과가 빠져나오지 않는다
가장 싱싱했던 아홉 살 때의 사과

썩지도 달아나지도 않은 채
둥근 감옥이 되어서 나를 가두고 있던 사과
왜 이제 왔냐며
백두산이 먼저 말을 건네는데도
꿈적도 않는 나의 야생 사과

부부별곡 夫婦別哭

오늘부터 객관적으로 우리는 일인칭이다
10초 전의 내가 아니고 5초 전의 네가 아니다
황당한 분리가 아니고 솔직한 독립이다

가식적인 다정이야, 안녕
위선적인 명랑이야, 안녕
반지는 미리 알았을까
누가 먼저 뒷모습을 보일지
어느 쪽 계단이 더 쿨할지
종이 위에 인주가 마르기 전
전화번호를 지우는 것은 마지막에 대한 예의
소유는 소유하지 않으면 이미 소유가 아니다
잠자던 이탈이 실물이 된다

당당하게 우리 밖으로 나오는 나의 일인칭
언제나 동일한 방법으로 달리던 모든 것들이 방향을 튼다
들어가도 나고 나가도 나다

나는 이제 누구의 옆이거나 그 부근이 아니다
늘 타성적으로 바꿔 입던 표정을 내 기분대로 갈아입는다

폭발하고 싶을 때 폭발하고
후회하고 싶을 때 후회한다
둥실, 구름이 되어 흘러가는 반성까지도 이젠 안녕

모든 것이 웃으면서 떠난다
그런데 넌 왜 끝까지 웃지 않는 거니?

혼사랑*

여기서 그리움의 병증은 떨림이다
혼자서 감당해야 하는 떨림의 무게로
눈을 감을 수밖에 없지
눈을 감으면 비로소 광활한 어둠이 살아나서
보이지 않는 것들이 모습을 드러낸다
감은 눈이 바라보는 곳
아직 오지 않은 절벽, 그리고 숨소리

행여 올까, 번쩍 눈 뜨이는
소멸을 시작하는 그쯤에 나를 부려놓으면
저도 어쩌지 못하는 두려움이
두 손을 공손히 하고
그리움의 속성인 불멸을 어루만진다
두근두근
손길이 닿으면 환하게 애증이 밝아오고
나의 애착은 또다시 볼륨을 올린다

몰래 밀어 올리는 불꽃 대궁
가장 아득한 곳에 그대 피워 놓고
달려갈수록 어둠 속으로 푹푹 빠지는

혼자 공화국에서는 사랑도 캄캄하다

* 혼사랑: 혼밥, 혼술 등과 같이 혼자 하는 사랑.

빙점

느닷없이 26쪽에서 뜨거워진 그가 내게로 다가온다
이미 40쪽을 읽고 있는 나는 여지없이 꽁꽁 얼어붙는다
뜨거움 앞에서 사정없이 얼어버리고 마는 심장
뻔한 나를 그가 노려보면 나는 하나도 없다
눈물의 무게는 얼마인 줄 알아
공포를 기다리는 흰 종이들의 망설임을* 생각해 봤니?
뜨거운 그의 질문마다 나는 기침을 한다
기침 소리는 대답을 염두에 두고 있지 않다
그의 소문만 들어도 자꾸 움츠러들던 내가
얼음 입자처럼 사소해진다
스스로 녹아내리는 의지
나도 진짜 시인이 될 수 있을까
모방의 가능성은 얼마나 위대한가
우리가 될 수 있는 것은 오직 우리라고
나는 계속 상징과 이미지를 따라가다 기형도에 갇힌다
문장이 되지 못한 생각은 끝까지 독이어서
더욱 꽁꽁 얼어붙는 나,
안쪽이 온통 얼음판이어서
엎어지고 자빠지는 부끄러운 그는 상처마다 각주를 달고

진화에 진화를 거듭하면서
나의 빙점을 백 번째 통과하고 있다

* 기형도의 시 「빈집」에서 인용.

이 그늘이 사는 법

발아래 그림자가 점점 희미해진다 최소한의 부가가치에
최댓값을 올리며 최대한으로 나를 잃고 있는 그늘 읽히지
않는 너를 품고 여기까지 왔다 우울한 것은 제 눈을 떼어내
고 강박인 것은 굴을 파서 숨어들고 분노조절장애를 전부
해체시키려 한다

그늘의 멱살은 어느 계절이 잡기 좋을까
순한 꽃으로도 꽃 멀미 이는 봄이거나 땀인지 비인지 온
기억이 젖어 드는 여름이거나 주관성이 모조리 떨구어지던
가을이거나 가슴에 펑펑 알약이 쏟아지는 겨울이거나
죽을힘을 다해 그늘을 쥐었다 놓는 사이 번번이 환절기다
계절풍이 불지 않아 하나뿐인 계절 고독이 된다는 것은 백
주 대낮에도 허무 같은 그늘을 안고 사는 거다

있지만 안 보이는 그늘이 나를 증언한다
나 여기 있는데 너 여기 있니?
나 아닌 것들이 너무 많아 자꾸 살아지는 나
그늘이 아득해질수록 삶이 더 지극해진다

제2부

스키니

입고 꿰맨 듯이 꼭 껴안은 느낌
밀당이 없는 나는 아무 저항도 아니다

밀착은 어미 새와 알과의 간격
나는 멀리 있어도 당신에게 찰싹 붙으려 한다

사이가 없어 관계가 없는 사이
모든 틈새는 바깥에 머물러 환절기를 견딘다

밀착과 밀착 사이 집착이 끼어든다
쉽게 스키니를 벗는 게 아니었을까,
벗겨지는 순간 사이는 명확해진다

이제 밀착은 없고 집착만 남아
당신은 나를 벗지도 껴입지도 못하고 있다

미안하지 않아서 사과하지 않아도 되는
관계는 언제나 소비된다

오늘 밤도 스키니가 신나게 춤을 춘다

카네이션

꽃이 꽃을 피우기 위해 나를 찢는다
씨방 속에 수없이 많은 내가 있다
꽃잎은 더 많이 찢기려고 무수히 빽빽하다
나는 어미다
제1 아해가 안심하고 핀다
제2 아해가 연습도 없이 핀다
제3 아해가 눈 감고도 핀다
제4 아해가 무조건 핀다
제5, 6, 7…… 아해가 사방팔방 핀다

꽃은 길들여지는 방식으로 찢어진다
내 어둠을 깨끗이 지워버리며 찢는다
그걸 알아버린 나는 끝까지 처음처럼 울기부터 한다
날마다 근심 걱정으로 찢어지는 꽃
심지어 내가 웃을 때도 꽃잎은 찢는다
밤에도 새벽에도 찢는다
지고 난 후에도 저 혼자 먹먹해져서 깜깜하게 찢는다
언제나 꽃이 찢는 속도는 내가 피는 속도보다 빨라
나는 한 번도 비명에 찔려본 적 없다
제 꽃잎을 씹어 삼키면서도 나만 보면

피로회복제처럼 흥건하게 웃음이 피는 꽃
거울처럼 따라 웃는 내 입속에서 꽃잎이 씹히는 것은
꽃이 꽃이라는 걸 이미 나도 알고 있기 때문이다

그런데 찢긴 후에 내가 없다
목소리도 태도도 방향도 없다
씨앗까지 전부 다 털어낸 몸뚱이만 덩그라니
슬픈 허공을 혼자 찢어내고 있다

내일모레

오늘은 꼭, 손 내미는 나에게 어머니는 종종 내일모레를 꺼내 주곤 했다

내일모레는 얼마나 먼 나라인가

오늘까지만 살 거 같은 나에게 내일도 아닌 내일모레라니

난 밤새 울다 오늘이 없는 내일모레를 맞이했고 모레는 더 멀리 달아났다

그날 내가 하고 싶었던 것은 드레스를 입는 일이었다

끝까지 절벽을 숨기는 얼음의 태도까지 감췄던 겨울을 흔적도 없이 녹아버리게 만드는 멋진 드레스

이야기 속 겨울 왕국의 주인공처럼 되고 싶었다

그런데 정작 내일모레쯤엔 나는 드레스를 입고 싶지 않았다

이틀 만에 나의 키는 불쑥 자라 소녀 아닌 소녀처럼 늙어버릴 것만 같았다 주인공을 위주로 편집되는 세상,

주인공을 따라다니며 주도적으로 펼쳐진 서사 속에서 내가 '렛잇고'를 삼킬 때마다 휘황찬란하게 반짝거리다 사라진 나의 별

나는 어디서나 조연인 것이 정말 조연이 아니면 엑스트라

별 볼일 없어 이때나 저 때나 배경 아니면 소품

내일모레를 외치던 어머니는 이제 없고 나도 어머니처럼

늙었는데

　어디 가서 내일모레를 찾아야 할까

　내일모레는 지독히도 먼 과거인데……

블랙홀

도넛을 먹는다
도넛 앞에서 나는 언제나 배고픈 지구

한 입 베어 물자 세로토닌이 마구 쏟아진다
빨리빨리를 미끼로 지구는 중독을 놓치지 않는다
허기를 껴입고 순간순간을 블랙커피 속에 빠뜨린다
최초의 카페인처럼 온몸이 혀끝에 매달리고
누가 누구를 먹는 건지 누구에게 먹히는 건지
생각할 겨를도 없이 아무 생각이 없이
12시 55분이 지나간다

잽싸게 도넛이 나를 삼킨다
목구멍이 젖어있는데도 목이 메인다
어쩌자고 나는 도넛의 바깥만 빙빙 도는
공복으로 태어났을까
벗어날 수 없는 경쟁의 테두리
블랙홀로 빨려 들어간 수많은 별들이 그러했듯이
나도 끝내 까맣게 지워지고 말 것이다

단 한순간 나도 별이 되었던 적이 있었을까

구심력을 버리고
원심력으로 튕겨 나가고 싶은데
속도를 따라가지 못하고 헉헉거리고 있다
공전은 너무 빠르고 자전은 점점 미약해진다
사소한 나의 오늘, 소멸되기 직전이다

결혼

독신과 독거 사이에 포도가 있다
맛은 아무도 모른다
소문으로만 들려오는 시디신 포도의 맛
알알이 톡톡 터지는 상상으로도 접근할 수 없다
처음부터 보랏빛으로 술술
풀어낼 수 있다는 확신은 금물이다
바라볼 때마다 독신은 자꾸 현혹된다
하고 싶은 건 다 해봐도 좋아
안 해봤을 때 후회가 훨씬 더 크니까
손만 올리면 나는 자꾸 포도를 사랑한다
발자국이 수없이 풋을 밟고 지나가고
포도의 내막이 파노라마처럼 펼쳐진다
맛이 들 때까지 나는 마구 폭력적이어서
나의 모든 빛깔은 오로지 풋의 세계로 익어간다

독신과 독거 사이에 여우가 끼어들 필요는 없었다
탐스런 포도송이에 침을 질질 흘리는 여우
네발로 기며 아무리 껑충 뛰어오르지만
보라는 여우의 꿈처럼 멀다
풋을 벗어난 나에게 핑계가 필요하다

저건 분명 시고 떫을 거야
나는 여우같이 나의 선택을 합리화시킨다
여우가 다녀간 이후
나의 독거는 날마다 현재 진행형이고
색도 맛도 포기한 어정쩡이다

나는 오늘도 시름시름 포도를 앓는다

당신을 소요逍遙하다

당신 생각 속에는 골목이 너무 많다

구불구불 휘어짐의 방식으로
발길이 모퉁이를 돌 때마다 길은 객지가 된다

어디로 가야 이질감에서 벗어날 수 있을까
눈앞에 모든 길이 끊임없이 내 발목을 붙잡는다

낯선 이방인에게 절벽을 내미는 길
뜬구름의 보폭으로 걷고 있는 나
하염없이 흘러간다

머리카락 보일라, 꼭꼭 숨어라
당신은 입구를 끝까지 보여 주지 않는다

생각 속 집은 많은데 전부 불이 꺼져 있다
대낮에도 내내 어두운 집
당신을 유폐시킨 건 당신인데
나만 괜히 미안하다

당신을 위해서 아니 나를 위해서
무작정 문을 두드린다
급기야 한꺼번에 생각 밖으로 쏟아지는 골목길
나는 미아가 되고 만다
당신이 영원히 닫히고 있다

당신은 풀기 어려운 공식이었을까
해석이 안 되는 철학이었을까

이 골목 저 골목을 헤매고 있는 나
나도 나를 찾을 수가 없다
당신이 당신을 빠져나와야
내가 있어지는 당신의 골목
당신 생각 속에는 우울이 너무나 많다

하지
—졸혼

손전등을 제 얼굴에 들이대고 있는 듯
지지 않는 태양이 집요한데
나는 서늘함 속에만 있다
더욱 깜깜해지고 있는 당신의 시선
깊은 밤처럼 자꾸 흘러내리고 있는 나
선언하는 순간 그마저도 지워져 버린다

서로가 스스로 독방에 들어선다
밀착에도 감정이 없고
부재를 해도 허전함이 없으니
등으로 대화를 하는 일은 습득이 빠르다

태양이 아무리 길이를 늘이고 또 늘여도
섞이지 않는 그림자
어쩔 수 없다는 방식으로 각자의 방향을 고른다
혼자서 웃고 떠들고 지치고 않는다

이것은 완성일까 완결일까
감정이 있는 듯 없는 듯 늘어져 있으므로
다시 시작이라는 말은 쓸모가 없다

여전히 침묵 같은 대화가 있고
각자의 몫의 싸움이 남아있다

왜 그랬을까
자꾸 소환되는 질문마저
당신과 나는 계속 방치하고 있다

서울의 달

쫓아온 달빛이 서울역에서 행방불명이다
휘황한 불빛 아래
놀란 토끼처럼 눈앞이 깜깜한 나
그날 밤 달은 30년 동안 다시 나타나지 않았다
어떤 표정을 착용해도
반짝, 눈에 띄지 않아 번번이 나는 서울의 뒷면이다
달이 뜨지 않아도
공장은 밤낮을 가리지 않고 잘도 돌아간다
이 공장 저 공장 다투어 조명만은 생생했다
럭스가 기하급수로 높아지는 서울
눈부시게 현란할수록
뒷면은 절대치로 어두워져 한 치 앞이 깜깜하다

정면이고 싶어 철야를 하고 투잡을 뛰며
2배속, 3배속으로 돌아가는 서울의 찬가를 살아간다
밤을 낮으로 뒤집어도 백주 대낮에 낮달로 뜨는
나는 다시 2절에서 1절로 되돌아가는 뒷면이다

오늘도 월계동 반지하 월세방에서
달맞이꽃 핀 지상을 꿈꾼다

휘휘휘, 휘파람 불던 달 토끼가 없어도
어린 왕자가 옆집에 살지 않아도
쪽창은 어김없이 서울의 달을 가둔다

내게로 깜깜하게 휘어지는 달빛이 쿰쿰하다

짐승과 사람 사이에 마태오가 있다

뇌성마비 1급 장애인 마태오가
짐승을 숨기고 있다는 걸 아무도 몰랐다
짐승은 척을 잘했다
천사인 척
아무것도 모르는 척

그 짐승에게 물어뜯긴 것은 평화로운 일요일 오후였다
갑자기 짐승은 식욕을 자꾸 뒤집어썼다
내가 들고 있는 라면 그릇을 보자
눈동자를 저돌적으로 번뜩이며 주둥이를 맹렬히 쫑긋거린다
젓가락이 이쪽을 조준하면 그의 입은 이미 저쪽에 가있고
저쪽으로 따라가면 벌써 이쪽에 와있다

얼마나 실랑이를 했을까
내 안에서 무언가가 포효하며 벌떡 일어섰다
나는 원초적 본능으로 그의 눈을 똑바로 응시한다
다리 사이에 머리통을 끼고는 한 손으로 이마를 찍어 누르고
비호같이 날아 그의 입을 덮쳤는데……
라면 범벅이 된 그의 얼굴 속에서 짐승이 순식간에 빠져
나가고

나는 그만 맥이 탁 풀려 뜨거운 눈물만 흘렸다

마태오의 눈에서 주르르 눈물이 흘렀다
우리 두 짐승이 서로 마주 보고 울었다
그때 우리의 온도 차는 1도 없었다

하나님 사용 설명서

죽기 전에 회개를 딱 한 번만 해도
천국 문이 열리는 지극히 가성비가 높은 하나님
그런데 이곳엔 없을 것만 같다

냉담 교우 방문으로 쪽방촌에 간다
반으로 쪼개져 버린 반만 살고 반은 죽은 방
노인이 끓는 가래가 반은 먹어버린 목소리로
이게 사는 꼴이냐고 푸념을 늘어놓는다
반쪽짜리 햇빛도 부신 듯 반만 떠지는
노인의 눈에서 별수 없이 반은 지워지는 나
하나님은 모두에게 공평하지요, 힘내세요
말씀도 아닌 당부도 아닌
나의 말에 나는 순간 놀란다
이거라도 받아주세요
노인이 있는 죄 없는 죄 다 끌어모은 듯
꼬깃꼬깃 구겨진 지폐 한 장을 꺼낸다
구석에 텅 비어 쭈글쭈글한 배를 움켜쥔
쌀 포대가 꼴깍 침을 삼키는 것 같다
노인을 깔고 앉은 얼음장 같은
방바닥에 아주 잠깐 천국이 번진다

잘못한 거 하나 없는데 자꾸 뱉어지는 회개
아멘 소리가 힘없이 흐르던 쪽방
그날 나는 나의 방문을 끝내 열 수가 없었다

언제나 이쪽인지 저쪽인지 헷갈리게 만든다
지극히 잡히지 않는 하나님

고비

조금 더의 끝은 끝까지 조금 더였다

맹수처럼 으르렁거리는 고비
선인장이 날카로운 가시로
전갈이 맹독으로 건너고 있는데
나는 달랑 맨몸으로 고비 앞에 서있다

푹푹 빠진다 넘어진다
푸석푸석한 생각이 밑으로 밑으로 잠긴다
알갱이처럼 흩어질 준비를 해야 하는가
모래 폭풍 같은 고독이 밀려온다

매번 무언가 밟고 올라서면
그만큼 더 푹 꺼졌다
걸음마다 목마름이 들러붙어
헛것을 자주 사랑했다

지금 내가 쉴 새 없이 껴안으려고 하는 고비는
또 얼마나 귀신같은 조금만 더이던가

종착지 맨 끝에 무엇이 있었던가
우르르, 한꺼번에 쏟아져 버리고 말 나의 비상구
끝내 나는 너머에 가지 못한다

조금 더가 매 순간순간
나의 안녕을 모래알처럼 굴리고 있다

화투를 읽어내다

인생을 화투에 비유한 아버지는 평생 독박만 쓰다 가셨다 아버지의 패를 아내에게 내밀면 아내의 아내가 되고 아들에게 내밀면 아들의 아들이 되고 딸에게 내밀면 딸의 딸이 되었다 한 방이면 다 설명되는 판이었다 그 한 방을 기다리며 한 방에 무너졌다

가난이 밑천인 집안에선 정월엔 찰밥 대신 막 자란 솔잎을 뜯어 솔밥을 해 먹었다 메주 띄울 처마가 너무 짧아 이월엔 방 안 가득 곰팡내가 스멀스멀 기어 다녔다 삼월에 무성한 벚꽃이 고봉밥인 양 소복소복 피어나도, 헛제삿밥처럼 흩날려도 나는 매번 배가 고팠다 판마다 끼어든 흑싸리 껍데기 같은 빚보증 때문에 4월엔 잔인했다 오월의 난초도 유월의 모란도 제대로 한번 보지 못한 채 꽃 시절이 지나갔다 칠월엔 홍싸리들만 이곳저곳 잘도 번식했다 팔월엔 우리 집만 빼고 보름달이 떠올랐다 구월엔 아들과 딸이 국화꽃이 만발한 학교 정원을 지나 울면서 자퇴서를 냈다 시월엔 벌레 먹은 단풍처럼 차가운 달그림자를 안고 전부 공장으로 나가떨어졌다 동지섣달 엄동설한엔 똥바가지 쓴 듯 눈보다 시린 겨울비가 한 땀 한 땀 월세방 지붕 위로 박음질했다

그래도 도무지 놓을 생각이 없는 아버지의 대물림을 이
제나저제나 한 방에 날려 보내려고 복권을 샀다 번번이 꽝
을 뒤집어썼다 뜬구름처럼 숫자들이 아버지 무덤 위를 둥
둥 떠다녔다

순례

내가 건네려 했는데 당신이 먼저 사과를 건넨다

순간 나의 아래쪽 눈빛과 위쪽 눈빛이 다르게 분리되고
당신의 눈동자에 빨간 사과가 견고하게 매달린다

당신은 이미 붉어졌으므로
나는 더 이상 당신을 순례하지 않아도 된다

달콤한 사과의 울타리는 몇 길이나 될까
나의 떫은 속내는 절대로 들키지 않는다

사과는 감정 없이는 익지 않는다
불안한 마음에 쪼개보면
굴욕이 자꾸 부푸는지 속살에 발을 헛디딘 자존심이 박
혀 있다

바짝 쳐들리는 내 머리를 한 번 더 한 번 더 덮는 사과
그렇게 덮으며 끝없이 둥글어지는
둥글어서 미안해지는 손 손 손

지금 이 순간 사과 밖은 위험하다
내가 반짝거리는 풍경이 되기까지
끝까지 씹어 삼켜야 한다

거짓말처럼 나는 순식간에 사과가 될 수 있다
말하기 시작할 때부터 모질게 습득되어진 사과
당도만 지나치게 높은

신발의 태도

4월 이후 신발은 책상 위를 걷고 있다
침몰할 수밖에 없었던 순간을 자꾸 돌아보며
오는 중인지 가는 중인지 알 수가 없다
그 방치를 지우려는 듯 몽땅 떠내려 보냈는데
물속에서 퉁퉁 불은 발은 신발을 놓지 않아
살이 다 빠져나가고 뼈만 남자
신발은 그녀를 향해 떠올랐다

신발이 책상 위에 올려진 순간부터
길이란 길은 모두 다 책상으로 걸어 들어온다
거기가 시작이고 거기가 끝이다
와야 하고 가야 하는데
가도 책상 와도 책상
신발처럼 책상 위에 올려진 세월도
그날부터 꼼짝없이 열여덟이다
작년에도 열여덟, 내년에도 열여덟
가도 가도 흐르지 않는 태도가 있다
열여덟 속으로 푹푹 빠지는 신발

날마다 틈만 나면 어머니가 다가와

말없이 눈에서 눈물이 줄줄 흘러내린다
겉으로 말라있는데도 속으로 젖어있는 신발
책상 위에서 이승과 저승을 걷고 있는 신발
방향은 끝끝내 바다 쪽이다

제3부

상사화

무릇 꽃으로 피는 것들은 속이 뻔해서
눈으로 봐도 그 치명의 깊이를 알 수가 있다
화려할수록 얼마나 극단적인가를
꽃무릇은 피를 토하며 증명한다

널름널름 말할 수 없는 혀처럼
비늘을 눕혔다 일으키고 다시 눕히며
꽃술이 꽃잎 밖을 칭칭 구렁이처럼 감는다
꽃잎이 사부작사부작 독을 피워 올린다
맹독을 숨기기 위해 한번씩 몸을 뒤척일 때마다
원초적 감정들이 함께 뒤척인다

아!
바라만 봐도 비명이 터진다
언젠가 남몰래 감춰놓았던 그리움에 나는 물린 적 있다
꽃 밖의 소란으로 심장이 욱신욱신 거리던 날들

상처가 깊을수록 출혈은 필연적이다
그렇게 옴짝달싹 못 하고
붉음을 지우고 뜨거움을 정지한 채
괄호가 되고 있었던 거다
오랫동안 명치끝을 치받으며

태풍

나를 물로 보는 당신은 물이 되어 본 적 있습니까?
높이 중심의 세상, 고도 0 이하는 물의 세계

정치도 물을 붓고 끓이고 경제도 물을 붓고 끓이는데도
번번이 나는 맨밥에 물을 말아 먹습니다
끓어끓어 휘발되어 날아가는 곳
몰랐지요, 거기가 모여서 먹구름이 되는 줄

날마다 앞이 캄캄해 먹장구름으로 사랑합니다
과정이 분노여서 태풍의 서사로 좋아합니다
초속 50m의 광풍이 높이의 가면까지 벗길 수 있을까요
끝까지 가면이 가면이 아니라는 거짓말을 벗깁니다
말의 안쪽에서 위대하게 물인 척하는 너

중심기압 백만, 사상 초유의 현상이 일어납니다
활활, 물불이 타오릅니다
서로가 서로에게 꽃잎을 건네주며
백만 송이 또 백만 송이 꽃을 피우며
집중호우처럼 불타오르는 물불
앵커가 마이크에 질풍노도를 담으며 물의 만개를 외칩니다

눈물이 몰아오는 불꽃
물이 다 함께 불타고 있을 때
비로소 이 세상은 생물이 됩니다

동백서사

동백이 피는 것은 순전히 사적인 일이다
충분히 웃고 울고 노래하고 춤추며
충분하게 붉었으므로
꽃이 지는 것도 지극히 개인적인 일이다
고개를 끄덕거리는 화무십일홍 속에서
벌레를 잡겠다고 진압군이 투입되던 날
한 생각이 한 생각으로만 내달릴 때
다른 생각들은 모두 과녁이 될 뿐이라서
공공의 적으로 떨어진 꽃송이들
꽃의 태도를 버렸다
뿌리가 하나인 꽃들은 학살을 견뎌내지 못했다
윗동네 아랫동네 너도나도 일촌인 꽃들
그 어떤 사상도 없이
아무런 목적도 없이
허공을 끌어안은 채 붉은 꽃 모가지 떨어졌다
떨어진 자리마다 비애가 낭자했다

4월이면 울컥울컥 각혈하던 동백이
이젠 더 이상 아름다운 무작정이 아니다
검은 돌과 푸른 파도와 노란 유채도

목격을 모두 감춘 채 침묵만 대물림했다

개인이 피는 것을 지속시키는 것은 오직 개인이다
내가 나답게 살아야 진짜 봄이다
더 많은 내가 있어야 하고
나는 계속 본색을 풀어야 한다
개화하지 못한 봉우리를 손으로 감싼다
심장 속에서 끝끝내 피우고 말겠다

윤동주

내 속에는 남편도 없고 아들도 없고
동주만 가득 차있다
가는 곳마다 머무는 곳마다 동주다
바람만 불어도 동주 별만 떠도 동주
동주는 왜 나를
나는 왜 동주에게 집착하는 것일까
서시처럼 하냥 부끄러운 질문의 날들
거울을 닦으며 동주를 소환한다
표정 속에 비애가 우물처럼 고인 동주가 나타난다
슬픈 생각이 끝없이 나에게 전이된다
내 몫까지 참회하고 있다는 듯
말없이 애처로운 표정으로 바라본다
나는 한 발짝도 움직일 수가 없는데
교회당 꼭대기에서 십자가가
뚜벅뚜벅 나를 향해 걸어온다
쉬운 쪽으로만 기우는 모가지를
우물처럼 고인 태도를 꾸짖는다
나는 언제부터 기도하는 법을 잃어버렸을까
언제나 나의 참회록 속엔
하늘과 바람과 별과 시가 없다

파랗게 녹이 끼는 나의 왕조도 사라졌다
십자가 말고 누가 나를 허락할 것인가
솟구치는 피로 끊임없이 참회를 부추기는
만 이십사 년 일 개월 동안의 동주가
나에게는 너무나 많다

본적

본적은 눈썹이 편안해지는 곳
세상에 단 하나뿐인 나의 처음

내 아버지의 아버지 또 그 아버지의 아버지처럼
나와 내 아들이 명쾌하게 인증되는 곳
경기도 이천시 장호원읍 오남리 38번지

나는 눈을 감고 걸어간다
돌담을 어루만진다
작은 틈새도 내주지 않는 돌멩이 하나하나가
나의 가계를 단단하게 요약한다
이곳에서 처음부터 나는 무조건 하나뿐인 나였다
누구에게 물어봐도 이름을 대면 다 안다
이름 석 자 적힌 대로 발걸음이 또박또박 놓인다
담장 옆 백일홍은 백날이 가고 또 가도 여전히 백일홍이고
우물가 살구나무도 언제나 있는 그대로 천상 살구나무다
나는 그것들과 눈썹을 맞추며 마루에 올라앉는다
체온이 느껴진다
본적은 여전히 살아있다

독도에게도 본적이 있다
대한민국 경상북도 울릉군 울릉읍 독도리 산 1-96 번지다
여기로부터 우리의 동쪽은 시작되었다
하나뿐인 미명 하나뿐인 동쪽
독도에 가면 나는 매번 머리보다 가슴이 먼저 뛴다

거울의 사상

거울이 거울 속에서 거울을 앓고 있다
깨지려는 생각으로 가득 차 눈부시다
사람이 거울에 당도한 것이 아니라
거울이 사람을 길들인 지점이다
끝내 사람은 변하는데 거울은 변하지 않는다

어제의 내가
거울 속에서 속절없이 깨진다
본능적으로 직설만 추구하는 거울
내 앞에서 나를 아이러니하게 바라본다
노련한 화장법으로 분장을 한다
거울도 따라 흉내를 낸다
여지없이 먼저 지치는 나
파국을 예감하는 거울
사정없이 찢고 또 찢어도 거울에겐 사과한 적 없는데
흥행의 실패에 나는 비애를 자꾸 감춘다
거울 앞에서까지 연극을 해야만 하다니
거울이 비추는 내 눈 속의 내가 비굴하다
무대와 나 사이에 패배가 이미 예견되었지만
각색과 연출로 분열을 지우는 내 손끝이 치열하다

보이는 대로 비추는 것은 거울의 의무
거울 속엔 있는 내가 없다
내가 떠난 후 거울이 거울 속에서 거울을 앓고 있겠지
오늘 은퇴를 선언하는 나를 위해

그냥

말은 여기서 달리지도 멈추지도 않는 그냥이다
있으면서도 없는, 하면서도 안 하는
저만의 노래가 없어 어디서도 리드미컬하게 달릴 수 없는
말, 던져놓고 그다음은 나 몰라라 하는 너의 그냥에 번번이
쨍그랑 깨지고 마는 나는, 별거 아니라는 듯 앞에서 표정을
감추지만 뒤통수가 아프다 말꼬리를 잡고 말의 안쪽 깊은
곳까지 내달려도 안도 밖이어서 나는 뒷걸음질에도 채인다
말벌 떼처럼 몰고 다니는 사건 사고, 그냥이 앞에 붙으면
아프지 않은 척을 해야 한다 죽은 말을 타고 달리는 기수의
양상으로, 모든 충격과 파멸을 그냥이 흡수한다 깨지는 것
도 날마다이면 생활이다 재갈을 물리고 채찍질을 해도, 어
디라도 제 영역인 듯 어영부영 털퍼덕이다 주거니 받거니도
없이 숱한 말을 한꺼번에 적막으로 묶어버리는,

소리 없는 비명이 무시로 불시착하게 하는 그냥
아무렇게나 그러거나 말거나 내달리는 그냥
습관적으로 올라타고 무사태평으로 달려가면서 절대 되
돌아보지 않는,

나는 네가 부려놓은 말의 고삐를 잡고

빈 의자 앞에 두고 오늘도 광일지구*를 돌고 있다 애써 이리로 끌어와도 끝내 저리로 밀려나며, 갈망하면서도 갈 망할 수 없는,

그냥은 언제 어디서나 귀신이다

* 광일지구: 그냥, 긴 시간을 보냈다는 의미.

인형 뽑기

인형이 된 나를 내가 바라본다

자학이 없는 눈이 온통 까맣다
삼백육십오 일 불면증에 걸려있는 가면
꿈을 꾸지도 못해 가난할 수밖에 없는
상상이 자꾸만 늘어난다
오늘의 기분을 몸 안에 채워 넣는다
우울을 잔뜩 먹고도 인형은 웃고 있다
네 평짜리 감옥에서 인형을 꺼내 줄 사람은 누구인가
이력서를 집어삼킨 사장인가
기다리다 지쳐 떠나버린 애인인가
밀린 월세를 독촉하는 집주인인가

희망이었다가
절망이었다가
긴장과 이완이 역할을 바꿔가며 온몸을 지배해
나는 나를 뽑을 수밖에 없다
나에게 대롱대롱 매달리는 분신들
뚝, 떨어질 때마다
그 아래 인형은 이유 없이 한 번 더 주저앉고

내가 뽑아주지 않으면 도저히 빠져나올 수 없는 나는
몇 번의 기회가 남아있는 줄도 모르고
불안과 분노를 복제하고만 있다

결말의 시간

달에도 결말이 있다, 저 그믐
매번 같은 시나리오와
뻔한 편집 기술의 막장인 주기
배경은 몽환적이고 대사는 은밀하다
언제나 나를 지켜볼 확률 100%
날이 좋거나 날이 안 좋거나

제 몸 한 입 베어 먹으며 시작하는 달
스텝 바이 스텝, 걸음은 늘 가볍다
해석하는 건 항상 각자의 몫
과정은 언제나 옳아야 하니까
과정에 적응하지 못하면 적응에 적응해야 한다
한 번 베어 먹으면 환해지는 결말
또 한 번 베어 먹으면 먹구름 속의 적막

결말에 해결이 부재하는 나의 오늘
낮 동안에 땡볕이 사라지지 않고
귀신성鬼神性으로 내 안을 돌아다니는 밤
달을 잡고 늘어지는 나
흘러가지 못하는 나의 시간

나의 해석은 늘 그믐에 가있었지
시작을 품고 있는 결말은 역설적이었고
사랑인 듯 폭력인 듯 달 아래를 서성였지
다시 초승 또 보름 그리고 그믐
그러다 비처럼 내려 눈처럼 쌓이는 마침표로
마침내 달과 함께 침몰했지
다시 시작하는 끝
끝없는 결말이 내 안에 쏙 들어와 부활했지

실패의 자세

실을 꿰어 줄줄이 터진 소문의 솔기를 감침질한다
허공 속에 번식하던 비난이 주춤거린다
뭉게뭉게 먹구름을 얼른 집어넣는다
블랙홀에 빠진 구멍 난 방식을 봉한다
실패가 또 한 번 확인된다

시간처럼 한 방향만을 고집하는 것은
가느다란 것들의 인내의 방식일까
툭하면 끊어지는 것에 집착이 엉긴다,
지나 보내면 그 또한 옷 한 벌 짓는 행위일 뿐인데
집착은 바늘조차 들어가지 못할 것처럼 질기다
더욱 비극인 것은 시가 되지 못하는 실패,

버리지 못한 이미지들이
수없이 바늘에 찔려 깜박거리고 있다
비유는 시의 어머니, 상징은 시의 아버지
진정성을 일관하던 말씀이 흔들린다
꼬인 실을 풀듯 문장을 죽죽 풀어내야 하는 순간,
다시 실패를 집어 든다

실 끝에 묻어나는 가느다란 아버지
아버지의 다 쓴 장구 실패는 어린 나에게 근엄한 실패였다
돌진 무조건 돌진,
작은 어깨를 으쓱대며 전진 방향으로만 도전하던 그 시

실패는 항상 준비해 두어야 하는 생필품이다
그러나 절대 많을 필요는 없는데
내 책상 위엔 크고 작은 실패들이 난무한다

모자의 방식

마술사의 주문대로 모자가 척척 꺼내 주고 있다
나도 할 수 있어, 모자가 있으니까

써도 모자 벗어도 모자
엎어져 있어도 모자 눕혀져 있어도 모자
시도 때도 없이 애가 끓어넘친다
집착을 살리려고 모자를 통제하고 감시한다
잠시라도 눈에 안 보이면
주문은 짧아지고 불안은 솔직해진다
나는 목숨을 거는 믿음으로 모자에 손을 넣어
다른 게 나오라고 주문하고 또 주문한다

그러나 나의 믿음은 허약했다
병원에 가는 모자
신의神醫 화타도 수없이 머리를 내둘렀을 모자의 병
불치는 왜 유전을 꿈꾸는가
그래서 죄인은 발각되는 것이 아니고 탄생하는 것이라고
컴컴한 내면에 툭툭 터진 실밥들이 증언한다
모자 속 모자가 서로 부둥켜안는데도……

성공한 마술사는 꼭 모자를 가지고 논다
빙빙 돌리고 휙 날렸다가 척 받으며
모자 속에 손을 넣어 반전을 꺼낸다
나는 오늘 당장 모자를 위해 마술이 필요하다
모자는 마술을 모르지만 마술은 모자를 잘 알기에
모, 와 자, 는 끝내 분리될 수 없기에

장미가 피어있는 식탁

펑, 식탁에서 장미가 폭발한다
내 발이 또 빈칸을 밟은 거다

—겨울에 태어났는데 내 이름이 왜 장미야,
애들이 꺾어버리고 싶대
사라진 애비 때문이라고 말하지 못했다
장미가 울면서 밥을 먹는다
햇살을 얹듯 밥 위에 반찬을 놓아준다

장미는 오늘도 식탁에서 핀다
사계절 내내 뿌리 없이 자란다
—가시라도 있었으면 다 찔러줄 거야
두고 보라지
장미가 선언을 한다
어린 장미가 다 큰 장미 흉내를 낸다
그러면서 끝내 묻지 않는다
내 피부색이 왜 이러냐고,

씻고 또 씻어도 지워지지 않는 검정으로
만나는 주위마다 까맣게 묻어나는

무정한 어둠을 들고 떠나버린 애비의 빈칸에서
펑 펑 펑, 날마다 장미가 피고 있다
지뢰처럼 내 발에 밟히는 빈칸
발목이 날아가 오도 가도 못하는

백제에서 온 편지

백제 문화 단지 칠지도* 앞
무심히 지나치는데 칼이 나타나 앞을 가로막는다
녹슨 것이 하나도 없으니 이것은 상상이다
칼이 칼 위에서 죽죽 가지를 뻗더니
누군가 살아있는 칼을 내 손에 쥐여 준다
꼭 읽어야 할 내력인 것 같아
나는 그만 칼을 떨어뜨린다
그랬더니 칼이 살아서 나를 베기 시작한다
수없이 베어지면서 생몰로 이어지는 나
출렁이는 나와 흔들리는 나를 구별할 수가 없다
얼마나 태초가 되어야 진짜 나를 만날 수 있을까
피 한 방울 흘리지 않고
나는 나를 토막 내어 의미를 부여한다
어느새 대장장이가 된 내가 내 앞에 서있다
불타는 화덕에 나를 올려놓고 풀무질을 한다
벌겋게 달궈진 나를 집게로 집어 모루에 올려놓고
정으로 살피고 망치로 두드린다
순간 속에 넣었다 빼면서 담금질을 한다
단 하나의 역사로 남는 내가 빛나고 있다

곤니치와 이방인의 인사말에
상상 속에서 내가 빠져나온다
나도 모르게 백제의 말로 대답을 한다

* 칠지도: 백제 왕이 하사한 칼로 일본이 국보로 정함.

사화沙畵

    길이 절벽에서 우르르 굴러떨어지기도 매달리기도, 스스로 흩어지기도 합니다 그러니 넘어진 길 위에서 가지 않은 태도는 당연히 정답입니다

    틀리지 않은 나는 다시없는 목적지를 그리기 시작합니다 가능성은 저 혼자서 천 리 길을 가고 모래판은 이미 밑그림을 품은 채 표정을 지웁니다 내 손에서 고분고분한 모래알들, 무성한 안녕을 창조합니다 불후의 자신감을 덧칠한 의지를 끄덕이며 기억과 기억 아닌 것을 끝없이 소환합니다

    성공한 명화는 여백도 풍경이어서 작금의 실패는 여백에게 다 맡겨집니다 이쯤에서 확인 들어갑니다 내가 보이지 않습니다 나는 또 여전히 그림 밖입니다 번쩍, 눈 뜨고 나면 더 한참씩 처음 속에 갇히는 멜랑꼴리, 그게 발목을 잡을 줄 알면서도 또 잡히고 말아 길이 스스로 움직입니다

    구르는 길도 길이므로 감각을 예민하게 펼칩니다 꿈꾸는 손가락 위에 아침 이슬처럼 젖어 드는 길, 나의 모든 신경이 집중된 지문은 오답이 없습니다

    누군가 물어봅니다

    안 보이는 눈으로 어떻게 그림을 그립니까?

    놀라는 척하는 당신 표정이 우습군요

어떤 기척은 명암도 굴곡도 헤치고 나아가지요 당신 눈에
보이지 않는 것도 나는 지금 보고 있습니다

제4부

비닐하우스

맨땅에 드문드문 기둥을 박고 비닐을 둘렀지만
굳이 집이라고 불리어지는 것은
안쪽에 다른 이름을 품고 있기 때문이다
얼핏 보면 영락없이 말간 물집이지만
자세히 보면 오종종 오종종 식솔들이 살고 있다
상추 쑥갓 오이 호박 치커리
식물성의 감정으로 하루가 쑥쑥 자라고 품을 넓힌다

팔순 노인이 하우스 안으로 들어간다
산 입에 거미줄 걷으러 가는 길이다
늘그막에 맡게 된 손주 등록금 내러 가는 길이다
하우스에 들어서자마자 숨이 턱 막힌다
저승보다 먼저 숨통을 조여 온다
가슴속에서 끝끝내 내보내지 못하는 아들 때문에
영상 43도에서도 냉가슴이 몰아닥친다
차거움이 뜨거움 속에서 오기가 되어 번식한다

다발로 묶인 채소들은 하우스를 떠나도 가족인데
싱싱한 이파리 속에 노인의 한숨만 들어있다
아는지 모르는지
하우스 내벽에서 눈물만 줄줄 흘러내린다

히잡 엘레지

나는 블라인드 안에 여자
가로로 열면 가로로 찢기고
세로로 열면 세로로 찢긴다
블라인드를 움직이는 손이 나의 도덕이다
가로이고 세로인 내가
블라인드 밖으로 들어서면
플래시가 터지고 사건 사고가 된다
왜 뒤끝은 언제나 나의 몫인가

블라인드를 찢는다 지금부터 나는 이방인
도덕이 비처럼 쏟아진다
나는 흠뻑 젖는다
나는 비로소 그 무엇이다
부끄럽지도 미안하지도 않다
가로로 만나고 세로로 만나도 괜찮은 난생처음 바깥

내가 블라인드를 찢어버린 것은
도덕 이전으로 가는 도덕
자궁 속으로 다시 들어가려는 알몸의 아기
바깥을 위해 카오스가 긴 동안 준비한 것은 사랑이다

애써 만들지 않아도 처음부터 그냥 사랑
가리지 않으면 된다
최초의 죄 없는 것들이 만들어내는
거룩한 바깥

이불의 감정

죽어 보리수나무 아래 묻히신 아버지
숲 전체가 이불이다
잎새에서 잎새로 이어지는
저 식물성
김수영의 시, 「풀」처럼 절대 난공불락이다
초록을 더하고 빼는 방법으로
철철이 태도를 바꾸는 바람을 덮고 있는 숲
눈비를 덮고서 흘러가는 이불
바다, 그 위에 떠있는 천의 얼굴
하늘을 덮어주며 온 세상에 이불을 펼친다

잠결에 이불이 들춰지면 걸리는 감기처럼
올망졸망 아이들이 태어나고
가로가 몇 세로가 몇
겨우 몇 미터 몇 센티의 아버지의 이불로
이 등어리 저 등어리 덮으며 일생 등 시리던 아버지
자연이어서 자연스럽게 척척 치수가 맞는 숲
아무리 뒤척여도 발도 삐져나오지 않는다
이불 속 날씨는 언제나 화창하고 포근해서
잠결에 차버려도 날마다 안녕이다

숲을 득템하신 아버지
보리수 열매가 덮어주는 날개를 타고
오늘도 나의 창가에 날아와서
철없이 차버려서 들뜨는 내 안부를 덮으신다

2월, 연못

오른쪽 그 아래 왼쪽으로 조금 더 거기 좀 더 깊게
갈피갈피 얼음장 녹는 그곳에 너와 나 둥지 틀까
간질간질, 손만 닿으면 시원하게 열리는 절정에
사랑이라는 예쁜 말 한번 키워볼까

꽃 필 때가 가장 위험하다고 했지
아슬해도 꽃길을 걸어가야 만날 수 있다고 했지
뿌리의 꿈틀거림을 온몸으로 받아
정수리까지 밀어내야 만개라고 했지
캄캄한 진흙 속에서 너에게 다가가고 싶은 나의 열망
곁에 있어도 먼 변방인 것만 같아서 슬픔을 되풀이했지
통증도 세상에 안쪽이라 여기며 견디고 또 견디었지

그러나 지금은 우리에게 주어진 해빙의 시간
심연까지 얼어있는 비애를 녹이는 시간
제 안으로 물길을 내 움츠린 뿌리를 다독이는 시간
두근두근, 심장을 돌아 나온 맑은 물을 퍼 올려
꽃대를 밀어 올리는 떨림이 올 때까지
관절에 힘을 주는 시간

너 하나뿐이어서 너 하나로 가득 찬

길어지는 감옥을 열고

활짝, 망설임 없이 온몸을 풀어헤치는……

황설黃雪

재빨리 털어버리는데도 보인다
무수히 나가떨어지는 미세한 나,
한없이 가벼워지는 흙의 세계
텅 빈 안쪽까지 탈탈 털리고서야
우리는 우리가 보인다

눈이 오는데 하얀 눈이 없다
소복소복 쌓이는 사막,
여기도 나 저기도 나
내가 이 분위기의 주범 같다
나는 재빨리 알리바이를 몽땅 뒤집어쓴 채
눈 속에서 눈을 감는다

—아버지 제발 이 묵시록만은 참아주세요
차라리 우산을 접은 채 눈을 맞으면 끝이 날까요
거리가 온통 무덤 속이에요
죽기 전까지 미라를 연기해 볼까요

고급 외제 차가 숲을 향해 꽁무니를 뺀다
본색이 죽고 허상만 남은 현장이다

백 년 전이나 지금이나
가지지 못한 자는 누렇게 뜬다
눈물이 온통 흙탕물이다

잔상

번쩍, 플래시가 터졌는데
나를 향한 그의 미소가 잔상으로 남는다
한순간 꼼짝 못 하고 바라보고 있던
내 눈에서 알 수 없는 유령이 주르르 흘렀다

그때부터였을까
잔상 위에서 허우적거리는 나의 일상
그의 미소는 늪처럼 집요하다
어디로 가든지 따라와 나를 개처럼 끌고 다닌다
잔상을 지우려고 한 적 있다
사진을 태우고 잠자리를 옮기고
모든 것을 백지화하려고 했지만
나는 매번 처음처럼 눈물이 흘렀다
잔상은 대부분 내 눈 속에서 산다
너무너무 부드럽고 작아서 더욱 아픈
솜털 같은 지느러미를 흔들면
나는 가슴보다 눈시울이 먼저 뛴다
긴 꼬리로 무방비의 나를 칭칭 감아올리는 잔상
한참 멀리 왔는데도 몇십 년을 한순간에 넘어
그 순간으로 되돌아가고 만다

절박함은 고스란히 내 몫이지만
그 한순간이 카타르시스처럼 각인되어 있다

이유 없이 눈물이 주르르 흐르는 병에 걸렸다
완벽한 처방전은 오직 당신의 부활이다

은하수 먹고 맴맴

별들이 저마다 고유 번호로 반짝거리며 돌고
빙글빙글, 별빛 따라 세상이 돈다.
시곗바늘이 돌고 술잔이 돌고 TV 채널이 돌고
피자 먹고 맴맴 치킨 먹고 맴맴
아버지 지프차 타고 맴맴 돌아오신다.
시작이 끝을 잡고 돌아 끝이 시작을 잡고 돌아
돌아 돌아, 씽씽 돌아 눈알이 핑핑 돌아
순간 상상이 현실을 따라잡는다
별이 닥지닥지 붙은 코스모스가
활짝, 방대한 은하수 꽃을 열고
아사달과 아사녀를 찾아 전설을 소환한다
눈동자 속으로 우주가 들락날락
그런데도 눈은 한 번도 먼 적이 없다
상상이 돌아 돌아, 님도 보고 맴맴 뽕도 따고 맴맴
모든 가능성이 춤을 춘다
까만 밤을 하얗게 지새워 버린 우화들
얼기설기 실금을 따라가면 별들의 후일담이다
이번 생은 이미 수백 광년 전에 떠난 별빛이라지만
잠 안 자고 꾸는 긴 꿈속에도 나는 별과 함께 산다
기어코 나는 별빛과 함께 맴맴 돌며
나만 느낄 수 있는 판타스틱을 만난다

다다미

다다미방에 들어서니, 왔니? 아버지의 목소리가 들려왔다. 징용으로 끌려가 돌아가신 아버지. 환청이었을까, 간절해서 그만 이루어졌을까.

아직도 먼지와 피를 뒤집어쓰고 있는 아버지. 다다미에 가부좌 틀고 웃고 있다. 들어오는 사람들에게 전부 인사를 받는다. 처음 보는 핏줄들에게 기시감을 느꼈을까, 이건 분명 생생이다. 다다미 위에 펼쳐지는 진풍경에 눈이 번하다. 떡과 국 대신 시커면 멍 자국 가리라고 모시 적삼 내놓는다. 키가 작거나 크거나, 살이 찌거나 말랐거나, 모두 아버지를 닮아있다. 조시 한 수 지어 올린다. 내 입에서 나오는 자음과 모음이 아버지의 몸에 달라붙는다. 아버지 생시처럼 웃는다. 이제 그만 되었다고 내 어깨 두드린다. 환하게 미소 지으며 사라진다. 아버지가 점점 투명해진다. 다다미가 다다미에서 다다미로 이어지는 아버지의 구천, 끝났을까?

천적

인간은 60% 이상의 불행과 40% 이하의 행복으로
세팅되어 있다는 가설
저울에 올려놓으면 부자도 거지도
그 누구도 피할 수 없다는 확률

그런데 나의 40%는 벌써 다 지나간 것인가
서른다섯이 넘도록 이력서만 쓰고 있다
계약직은 새벽 네 시 공장 불빛을 좋아하고
월세방은 지겹도록 나를 반복하고
허기지는 것은 생각만이 아니어서
불행은 배고픈 귀신이 되어 나를 집어삼켰다

오직 믿을 건 나를 단속하는 나뿐이다
지퍼의 방식과 허리띠의 태도로 나를 여미며
마이너스통장의 길 위에서 과도기를 산다

난 분명 불행과 계약 맺고 있는 것이 확실하다
천적인 불행이 끝까지 나를 사육하고 있다
그러니 가설은 나에게 언제나 들어맞지 않는다

탁란

옥자가 텅 빈 들에 묵은 씨앗을 심는다

씨앗은 최적의 조건에서 태를 열지만 둥근 것들은 속속들이 착해서 전부를 털리기 일쑤다 쿡쿡 수많은 부리들이 머리 내미는 싹을 쫀다

요란한 울음소리가 잠자는 빈들을 깨웠을까

씨앗의 이름은 달라도 울음소리는 똑같이 초록빛, 흙을 잡고 가는 뿌리의 길이 팽팽하다 어제보다 짙어진 울음 빛깔을 그녀만이 안다 지상과 한 몸이라 뿌리의 기척을 잘도 읽어낸다 초록을 업고 안고 달래며 대지의 생각이 되는 옥자, 쩍쩍 갈라진 손으로 거친 흙을 개키고 펼치며 그늘진 자리 척척 갈아 누인다 그런데 오늘 옥자가 목 놓아 울고 있다 태풍이 지나가지도 된서리가 내리지도 않았는데, 씨앗에 속아서 딱새처럼 운다

농사 한철을 다 털어 넣었는데 내 새끼가 아니다 눈 꿈쩍일 때마다 별이 아닌 뿔이 튀어나오는 눈을 치켜뜨고서 옥자를 본다

변종 씨앗이 있었다니……

세상이 무수히 띄워 올린 탈을 쓴 꿈들이, 끝내 땅에 떨어져 흙을 분탕질하고 있다 아무리 갈아엎어도 매번 다른 가면을 내미는 땅

옥자가 펑펑 흘리는 뜨거운 눈물에도 대지는 분노를 멈추지 않는다

복숭아의 시간

연한 것들은
껍질로 벗겨지는 시간을 나긋나긋 받아들인다

거친 숨을 헐떡이며 쫓아오는 산그늘도
집 나간 아버지의 흉흉한 소문들도
어머니가 감싸 안으면
까라져 버린 거품인 양 사라졌다

어느 쪽으로 돌아누워도 배기지 않는
아이 업은 등처럼 말랑거리던 어머니
복숭아벌레처럼 들어앉아 단물을 쪽쪽 빨던 나
어깃장이 꽃뱀같이 똬리를 트는 날에는
어디로 튀어 나갈지 모르는 나의 안녕이
낙과의 꿈을 키우며 독한 생각 하나를 삼켰다

아, 그때는 왜
과육처럼 차오르는 아득함이 그렇게 많았는지

뭉클뭉클
내 안 깊은 곳에 어머니의 시간이 흐르고 있음을

어머니보다 늙은 복숭아나무에게서 듣는다

짓물러 터진 가계를 단단하게 품은 씨 하나가
끈질긴 힘줄로 나를 끌어당겼다는 것을
그게 바로 나의 껄끄러움을 뒤집어쓴
어머니였다는 것을

환유의 세계

투명을 사이에 둔 3cm와의 우연한 여행이었다
작은 실잠자리 하나가 내 옆 차창에 붙어서
눈앞이 바로 밖이다가
유리에 막혀 안이다가, 밖이다가 안이다가
유리창을 헤매고 있다
측은지심도 잠깐
나는 일정을 챙기느라 실잠자리는 안중에도 없다
그러거나 말거나
속도가 별빛인 버스는 달리고 달리고 나는 별빛을 씹으며
목적지에 다 와 가는데
실잠자리는 아직 유리창과 실랑이다

투명이 하는 짓
있거나 말거나, 혹은 그러거나 말거나
투명 속에 있는 것은 없음뿐
존재를 넘으려고
실잠자리는 3cm의 날개를 파닥이며 하염없이 별빛을 쏘
아 올리고 있다
순간 별빛이 내게 와 닿았을까
3cm의 날개

거기 있으므로 반짝이는, 있어서 모두 같은 크기의 눈부
심으로 어깨를 나란히 하는,
　환유의 세계
　실잠자리는 나를 넘고 있었던 거다

　차에서 내릴 때 조심스레 손안에 담아 나뭇가지에 놓아
주었다
　그때 나도 있어 보였을까

나쁜 시

어느 원로 시인이 나쁜 시를 쓰라 했다
나는 시를 찢기로 작정했다
문장을 찢고 생각을 찢고 착함을 찢었다
가로로 찢고 세로로 찢고 똑바로 찢고 거꾸로 찢고
내가 보이지 않을 때까지
교과서를 찢고 아버지를 찢고 어머니를 찢고 십자가를 찢고

너무 쉬워서 너무 편해서
수도 없이 나를 놓쳐 버린 기억까지 모두 찢는데
이것만은 찢을 수 없다
끝내 찢겨져야 살 수 있는 고독, 안쪽이 팽팽하다
고독을 터트리려 하자
시가 달아난다

오래된 약속처럼 밤이 밤을 사랑하던 시절
나는 슬프다가 기쁘다가 다시 슬퍼지려는 태도로 고독을
살았다
질문을 안고 독주를 마시면서
너덜너덜 찢겨진 내 안이 들끓어 올라도
끝내 찢을 수 없어 나는 다시 처음인가

눈물이 뜨겁게 흐른다

직전에 다다른 고독의 카타르시스

너도 별수 없다는 듯 나를 빤히 올려다본다

그러니 질겨진 건 매번 고독이 아니라 나다

절정 하나를 또 한번 저장하면 실패 중인 나를 착하게 확
인한다

언제나 그랬다 1퍼센트가 부족했다

본색本色, 본적本籍, 혹은 본래면목本來面目을 향한 여정

황치복(문학평론가)

1. '찢기', 혹은 '덜기'의 상상력

2001년 『미네르바』를 통해 등단한 유혜영 시인은 그동안 『풀잎처럼 나는』(티토피아, 2009)과 『통증 클리닉』(리토피아, 2012), 그리고 『치마, 비폭력을 꿈꾸다』(미네르바, 2016) 등의 세 권의 시집을 상재한 바 있다. 고향인 이천 장호원의 아련한 추억을 되새기기도 하고, 여성성의 힘으로서의 포용과 연민의 윤리에 대해서 성찰하기도 하면서 시인은 다양한 시적 영역을 개척해 오고 있다. 네 번째 시집인 이번 시집에서는 실존적 관심과 사회적 관심이 서로 결합하면서 시적 성찰과 사유가 더욱 깊어지고 있으며, 섬세한 비유와 묘사의 힘을 바탕으로 하여 시적 주제를 응축해 내는 사유의 힘과 생동감이 넘쳐 나고 있다.

　이번 시집에서 가장 주목되는 점은 어떤 근원에 대한 열망이라고 할 수 있는데, 그러한 근원은 개인적 차원의 실존적 영역과 사회적 차원의 구조적 영역에 걸쳐서 동시에 이루어지고 있다는 점에서 시적 주제를 향한 응집력과 그것의 확산력이라는 대위법적 구조를 확인할 수 있다. 앞으로 시적 분석을 통해서 드러낼 작업이기는 하지만, 미리 당겨서 말해 본다면 그 시적 주제는 본색本色과 본적本籍, 혹은 본래면목本來面目을 향한 열망이라고 할 수 있을 듯하다. 본래의 색을 되찾고자 하는 열망, 또는 본래의 고향에 도달하고자 하는 충동, 모든 사람이 본래부터 갖추고 있다고 하는 진실한 면모를 발견하고자 하는 열정이 시인의 상상력을 추동하고 있는 것이다. 이러한 열정은 때로 부정적인 형태를 취하며 거짓과 가식에 대한 냉엄한 비판으로 표출되기도 하는데, 이러한 메커니즘을 성찰해 보면, 본색과 본적에 대한 열망은 곧 진실에 대한 열망과도 통한다는 것을 알 수 있다.

　본색과 본적에 대한 지향은 구체적으로 '찢기'와 '덜기'의 상상력을 통해서 드러난다. 유혜영 시인의 이번 시집을 통독해 보면, 다양한 작품에서 무엇인가를 찢으려고 하고, 덜어내려고 하는 상상력이 빈출하고 있다. 어떤 거죽이나 표면을 찢어서 그 안의 숨겨져 있는 것을 드러내려고 하는 경향, 혹은 가득 쌓여 있는 것이나 덮여 있는 것을 덜어내고 순수하게 남아있는 것만을 내세우려는 욕망이 작동하고 있는 것이다. 이처럼 표면을 찢거나 덮개를 덜어내려고 하는 상상력은 그것이 무엇인가 가치 있는 것을 감추고 있거나 숨기고 있어서 그것을 제거해야 그 속에서 은밀히 숨 쉬고 있던 가치가 드러날 수 있을 것이라는 생각이 함축되어 있다. 물론 그 숨어있는 가치는 시인이 추구하는 시적 지향일 터이다. 작품을 통해서 그 실체를 확인해 보자.

> 찢어진 청바지를 입고부터 나는 무엇이나 찢는다 그 무엇이 뭐지? 가 될 때까지 나는 찢는다 다듬어지지 않은 질감으로 엇박자를 내는 어떻게를, 어떻게에서 수없이 도망치는 망설임을, 망설임 속에 웅크리고 있는 움찔거림을, 움찔거림의 시작인 두려움을 청바지처럼 찢는다 청색보다 더 푸르러서 새파랗게 질리는 자존감을 찢고 있는, 저것들의 배후는 무엇인가? 꽃은 허공을 찢어야 제맛이다 망설이며 피는 꽃은 없다 숨이 턱턱 막히는 개화의 순간에도 한 치의 거리낌이 없다 꽃은 이미 완성된 파국, 순서와 애절 따윈 필요 없다 찢청을 입고 찢어지며 찢으면서 간다 찢어져서 꽃으로 죽을 나, 다음은 그다음의 문제, 다음에 다음까지 찢는다
>
> 이것은? 멀쩡하지 않은 저 청색들의 세계
>
> 너덜너덜해진 후에 만나는 나다운 맨살의 세계
>
> —「찢청」 전문

찢어진 청바지를 입는 행위에는 물론 일탈과 반항, 전복의 상상력이 투영되어 있다. 기성의 질서와 권위에 대한 거부와 관습에 대한 저항의 메시지가 함의되어 있는 것이다.

김수영의 '온몸의 시학'을 연상시키는 속도를 보여 주며 전개되는 시상의 흐름은 그러한 저항과 전복의 열망을 반영하면서 새로운 세계의 도래에 대한 의지를 내포하고 있기도 하다. 그렇다며 그 새로운 세계란 도대체 어떤 것인가? "찢어져서 꽃으로 죽을" 시적 주체가 찢고자 하는 것은 자신의 망설임과 나약함이기도 하지만, "꽃은 허공을 찢어야 제맛이다"라는 구절에서 알 수 있듯이, 궁극적으로는 푸른 허공, 혹은 하늘이며, "멀쩡하지 않은 저 청색들의 세계"이다. 그것들은 찢어진 청바지처럼 찢겨져야 하는 것으로서 푸른색의 세계이다. 그것들은 뭔가를 가리고 있기에 찢겨야 하는 대상인데, 시의 마지막 구절에서 그것들이 가리고 있는 구체적 대상은 "나다운 맨살의 세계"라고 할 수 있다.

　허공을 찢으며 피어나는 꽃, 혹은 너덜너덜 찢어진 틈으로 내비치는 "나다운 맨살의 세계" 등은 남성성에 의해서 가려진 여성성이 세계, 혹은 '하늘'의 권위를 빌려서 행사되는 가부장적 권위에 의해서 왜곡된 여성성의 실체를 연상하도록 한다. 『치마, 비폭력을 꿈꾸다』라는 시집을 보면 유혜영 시인이 페미니즘적 시 의식을 지니고 있음은 의심할 여지가 없지만, "나다운 맨살의 세계"는 그러한 이데올로기적인 해석을 뛰어넘어 좀 더 근원적인 실체와 진실에 대한 열망을 함축하고 있는 듯하다. 본디의 빛깔과 생김새를 회복하고자 하는 열망, 본디의 특색이나 정체성을 만나고자 하는 열망은 사회적인 의식이기도 하지만 좀더 근원적인 차원에서 종교적이거나 형이상학적인 영역에 속하는 것으로 여겨지기 때문이다.

시적 주체가 찢고자 하는 것은 청바지나 허공만이 아니다. "꽃이 꽃을 피우기 위해 나를 찢는다"(「카네이션」)에서 처럼 자신 또한 찢김의 대상이 되는데, 찢김의 결과는 어떨까? "그런데 찢긴 후에 내가 없다/ 목소리도 태도도 방향도 없다/ 씨앗까지 전부 다 털어낸 몸뚱이만 덩그라니/ 슬픈 허공을 혼자 찢어내고 있다"(「카네이션」)에서처럼 텅 빈 몸뚱이만 남게 된다. 물론 그 몸뚱이는 슬픈 허공을 혼자 찢어내고 있지만, 그처럼 내가 없어진 몸뚱이란 곧 어머니로서의 나의 실체인 모성일 수 있을 것이다. 나를 찢고 찢으면 궁극적으로 모성이라는 맨살이 드러나는 것이다.

유혜영 시인의 이번 시집에서는 찢는 행위뿐만 아니라 지우거나 덜어내는 것도 중요한 시적 상상력이다. "암술을 지운다/ 수술을 지운다/ 스스로 지워버림은 저 혼자 캄캄해지는 것"(「헛꽃」)이라든가, "단순한 빼기가 아니다/ 생각에서 플러스를 빼버린다/ '−'는 거대한 강물 앞에 서있는 나에게/ 생긴 모양 그대로 곧은 다리가 되어줄 거라 믿는다/ 나란히 손잡고 함께 걷는다"(「마이너스통장과의 동행」)는 구절들을 보면 시인의 상상력의 방향과 관심을 읽어낼 수 있다. 그렇다면 지우거나 빼거나 덜어내는 행위의 결과는 어떠한가? 지우고 지워버린 결과는 "무욕"과 "색즉시공"(「헛꽃」)이라는 종교적인 가르침이며, 빼거나 덜어낸 결과는 '드러난 맨몸'이거나 '마이너스처럼 누운 모습'(「마이너스통장과의 동행」)이 된다. 무욕과 색즉시공이든 드러난 맨몸과 마이너스처럼 누운 모습이든 그러한 것들은 모두 어느 정도 '맨살'의 이미지를 공유하고 있다. 찢거나 빼거나 지우거나 덜어내는 작업은 곧 자신의 본색을 찾아가는 과정이 되는 셈이다. 시를 쓰는 행위가 결국 그러한 본색 찾기의 과정이라는 사실을 시로 쓴 시론이라고 할 수 있는 다음 작품이 좀 더 선명히 보여 준다.

어느 원로 시인이 나쁜 시를 쓰라 했다
나는 시를 찢기로 작정했다
문장을 찢고 생각을 찢고 착함을 찢었다
가로로 찢고 세로로 찢고 똑바로 찢고 거꾸로 찢고
내가 보이지 않을 때까지
교과서를 찢고 아버지를 찢고 어머니를 찢고 십자가를 찢고

너무 쉬워서 너무 편해서
수도 없이 나를 놓쳐 버린 기억까지 모두 찢는데
이것만은 찢을 수 없다
끝내 찢겨져야 살 수 있는 고독, 안쪽이 팽팽하다
고독을 터트리려 하자
시가 달아난다

오래된 약속처럼 밤이 밤을 사랑하던 시절
나는 슬프다가 기쁘다가 다시 슬퍼지려는 태도로 고독
을 살았다
질문을 안고 독주를 마시면서

너덜너덜 찢겨진 내 안이 들끓어 올라도
끝내 찢을 수 없어 나는 다시 처음인가

눈물이 뜨겁게 흐른다
직전에 다다른 고독의 카타르시스
너도 별수 없다는 듯 나를 빤히 올려다본다
그러니 질겨진 건 매번 고독이 아니라 나다
절정 하나를 또 한번 저장하면 실패 중인 나를 착하게
확인한다
언제나 그랬다 1퍼센트가 부족했다

—「나쁜 시」전문

"나쁜 시"를 쓰기 위해 모든 것을 찢자 마지막으로 "고독"이 남는다. 나쁜 시란 세상의 세속적 가치와 기대를 배반하는 시라고 한다면, 그것을 쓰기 위해서 모든 것을 찢고 제거했을 때 세상에 홀로 떨어져 있는 듯한 매우 외롭고쓸쓸한 정서적 상태를 의미하는 고독이 궁극적인 고갱으로남은 셈인데, 그것은 결국 나쁜 시의 근본적인 질료가 되는 셈이다. 고독은 어찌해서 나쁜 시의 궁극적인 질료가 될수 있을까? "너덜너덜 찢겨진 내 안이 들끓어 올라도/ 끝내 찢을 수 없어 나는 다시 처음인가"라는 구절이 암시하고있듯이, 고독은 나로 하여금 "다시 처음"으로 돌아가게 하기 때문이다.

그런데 문제는 시적 주체가 "고독"마저도 "끝내 찢겨져야 살 수 있"다고 생각하고 있는 점이다. 나쁜 시를 쓰기 위해서는 고독마저도 찢어버리고 거기에서 해방되어야 하는데, 시적 주체는 시가 써지는 최후의 보루로 고독을 거점으로 삼고 있다. 그런데 그 고독은 언제나 "1퍼센트가 부족"하게 만드는 요인으로서 나쁜 시가 궁극적으로 도달하고자 하는 것을 방해하는 요소로 간주된다. 시적 주체가 고독을 이처럼 나쁜 시의 방해 요소로 생각하는 것은 그것이 본색을 가리는 기능으로 작용하기 때문일 것이다. 고독이 궁극적으로 자신의 본색을 가리는 것은 그것이 자아라는 허상에 집착하도록 하는 요소로 작용하기 때문일 수 있다. 불교에서 말하는 아상我相에 집착하는 허상에서 고독이라는 정서적 상태가 태동할 수 있는 것이다. 그래서 시적 주체는 진정한 시에 이르기 위해서 그토록 고독를 찢고자 하는 것인지도 모른다. 하지만 자아를 부정했을 때, 자아의 세계화인 시의 양식이 흔들리는 것은 당연한 수순일 수 있으리라. 이러한 딜레마를 어떻게 해결할 것인지는 유혜영 시인의 몫이겠지만, 찢기와 덜기의 궁극적 목적이 본색을 찾는 과정이라는 것은 의문의 여지가 없을 듯하다.

2. 탈, 가면, 히잡들

찢기와 덜기의 상상력이 대상의 본색을 덮어 가리고 있는 가면이라든가 히잡hijab, 혹은 분장이라든가 연기演技 등의 다양한 계기로 나아가는 것은 자연스러운 수순처럼 보인다. 자아와 세상의 모든 가식과 허상을 찢어발기고 숨어있는 본색을 드러내고자 하는 시인의 열망이 순수한 실체를 가리고 숨기는 계기에 주목하는 것은 당연한 것처럼 보이기 때문이다. 그런데 어찌 보면 우리가 상징계에 들어오는 순간 상징계의 역할이라는 하나의 가면을 쓰고 살아가는지도 모른다. 우리는 상징적 질서가 지배하는 현실을 살아가면서 연극 무대의 인물이 그러한 것처럼 우리에게 요구되고 기대되는 역할과 임무를 감당하면서 존재 의의를 찾고있는 것이다. 그러하기에 사회라는 무대의 장에 오르는 순간 우리는 하나의 가면과 탈을 쓰고 살아가게 되는 것이다.

그런데 미셸 푸코의 판옵티콘panopticon, 즉 감시의 탑이 죄수로 하여금 감시를 내면화하여 죄수 스스로가 자발적으로 감시와 통제를 수용하는 것처럼, 혹은 자크 라캉이 말한 것처럼 우리가 타자의 시선을 내면화해서 응시(gaze)의 대상이 됨으로써 중첩된 복수적인 주체가 되는 것처럼 이러한 사회적 요구는 우리의 진정한 본색을 은폐하고 분열되게 함으로써 수많은 탈과 가면을 양산하게 된다. 그리하여 우리는 다수의 페르소나persona를 지닌 존재, 즉 가면을 쓴 인격체로서 사회적 주체가 되어 일상을 영위하게 되는 것이다. 이러한 메커니즘은 가면을 쓰고 분장을 하면서 살아가야 한다는 의식을 내면화함으로써 진정한 자신의 실체와 본색으로부터 멀어지게 할 것이다. 유혜영 시인이 가면과 탈, 그리고 사회적 탈이라고 할 수 있는 히잡 등에 주목하는 이유는 여기에 있을 것이다.

거울이 거울 속에서 거울을 앓고 있다
깨지려는 생각으로 가득 차 눈부시다
사람이 거울에 당도한 것이 아니라
거울이 사람을 길들인 지점이다
끝내 사람은 변하는데 거울은 변하지 않는다

어제의 내가
거울 속에서 속절없이 깨진다
본능적으로 직설만 추구하는 거울
내 앞에서 나를 아이러니하게 바라본다
노련한 화장법으로 분장을 한다
거울도 따라 흉내를 낸다
여지없이 먼저 지치는 나
파국을 예감하는 거울
사정없이 찢고 또 찢어도 거울에겐 사과한 적 없는데
흥행의 실패에 나는 비애를 자꾸 감춘다
거울 앞에서까지 연극을 해야만 하다니
거울이 비추는 내 눈 속의 내가 비굴하다
무대와 나 사이에 패배가 이미 예견되었지만
각색과 연출로 분열을 지우는 내 손끝이 치열하다

보이는 대로 비추는 것은 거울의 의무

거울 속엔 있는 내가 없다

내가 떠난 후 거울이 거울 속에서 거울을 앓고 있겠지

오늘 은퇴를 선언하는 나를 위해

　　　　　　　　　　　　　—「거울의 사상」 전문

　"본능적으로 직설만 추구하는 거울"이라든가 "보이는 대로 비추는 것은 거울의 의무"라는 구절을 보면 거울은 있는 그대로의 실재를 비추어주는 기제이다. 그것은 분장술이나 변장술을 모르기에 자신의 표면에 드러난 형상을 그대로 반사해서 대상에게 돌려준다. "끝내 사람은 변하는데 거울은 변하지 않는다"는 구절에서 알 수 있듯이, 그것은 변화를 모르는 존재로서 있는 그대로의 대상을 파악하도록 해주며 술수와 책략에 대해서 무지하다. 그런데 거울은 "내 앞에서 나를 아이러니하게 바라본다". 거울이 나를 아이러니하게 바라보는 까닭은 무엇일까? 그것은 아마도 거울을 보는 사람이 있는 그대로의 모습을 보지 않고 가식과 위장을 일삼는 겉모습과 다른 본색을 보고 있기 때문일 것이다. 그러니까 거울 앞에 선 주체는 거울에 드러난 모습 자체에 주목하는 것이 아니라 은폐되어 있는 실재에 신경을 쓰고 있기 때문에 거울이 자신을 아이러니하게 본다고 느끼는 것이다.

　시적 주체는 자신을 아이러니하게 바라보는 거울 앞에서 "노련한 화장법으로 분장을" 하기도 하고, "거울 앞에서까지 연극을" 하기도 하며, 끝내는 "각색과 연출로 분열을 지우"려는 노력으로 분주하다. 도대체 시적 주체는 거울 앞에서 왜 이처럼 자신의 실재가 드러나는 것을 두려워하며 감추려고 허둥대는 것일까? 아마도 시적 주체는 직감적으로 민낯이 드러나는 것이 매우 위험한 일이며, 바람직하지 않다고 생각하기 때문일 것이다. 이러한 우려와 불안의 심리에는 타자의 시선을 내면화하면서 살아가는 현대인들이 지닌 가면의 사회학이 자리 잡고 있을 것이다. 즉, 이러한 메커니즘에는 끊임없이 응시를 받으며 살아가야 한다는 것, 보이지 않는 감시의 눈을 의식하면서 타자의 욕망을 욕망하면서 살아가야 하는 상징계적 인간의 비애가 서려있다. 시적 주체가 "거울이 비추는 내 눈 속의 내가 비굴하다"고 토로하는 장면에는 바로 자신의 본색을 내세우지 못하고 위장과 분장 속에서 허위와 가식의 자신을 내세워야 하는 가면을 쓴 인격체가 진솔하게 자아 성찰에 임하는 모습이 담겨 있는 셈이다.

「인형 뽑기」라는 시에서는 "인형이 된 나를 내가 바라본다"고 하면서 인형으로 전락한 자신의 자화상을 냉정하게 성찰하기도 한다. 시적 주체는 인형이 된 자신을 "삼백육십오 일 불면증에 걸려있는 가면"이라고 규정하며 "네 평짜리 감옥에서 인형을 꺼내 줄 사람은 누구인가"라고 묻기도 한다. 그리고 그러한 질문의 답변으로 "내가 뽑아주지 않으면 도저히 빠져나올 수 없는 나는/ 몇 번의 기회가 남아있는 줄도 모르고/ 불안과 분노를 복제하고만 있다"라고 진단한다. 가면을 쓰고서 본색을 숨기고 살아가는 가식적인 삶의 모습을 '인형'에 비유하면서 그러한 삶은 결국 영혼이 없는 인형 같은 처지와 다르지 않으며, 감옥과 같이 밀폐된 공간에서 자유와 자연성을 상실한 채 유폐되어 있는 상황과 다르지 않음을 성찰하고 있는 것이다.

탈과 가면에 대한 사회학적 상상력이 더해질 경우, 가면의 이미지는 사회적 부조리와 연결되고 그것의 해결은 혁명과 같은 사건을 통해서 가면을 벗기는 상황으로 이어진다. 「태풍」이라는 작품에서는 '높이'의 비유를 통해서 위계적인 질서에 의존하는 권위적인 사회에 대한 비판적 성찰이 이루어지는데, 여기에서 가면의 사회학이 발동하고 있다. 이 시에서 시적 주체는 "과정이 분노여서 태풍의 서사로 좋아합니다"라고 전제하고 "초속 50m의 광풍이 높이의 가면까지 벗길 수 있을까요/ 끝까지 가면이 가면이 아니라는 거짓말을 벗깁니다"라고 진술하고 있다. "높이 중심의 세상, 고도 0 이하는 물의 세계"라는 시적 진술에 주목해 보면, "높이의 가면"이라는 비유를 이해할 있다. 고도 0 이하를 물로 보면서 그 위에 군림하는 상층계급 자체가 위선과 가식을 일삼는 "가면"에 불과하다는 비판 의식을 읽어낼 수 있기 때문이다. 시적 주체는 시적 제재인 '태풍'을 "눈물이 몰아오는 불꽃"이라고 비유하면서 "물이 다 함께 불타고 있을 때/ 비로소 이 세상은 생물이 됩니다"라고 마무리하고 있는데, 물과 같은 민중들의 분노와 울분이 태풍이 된 것이라는 시적 논리를 상기해 보면, 혁명과 같은 사건을 통해서 은폐된 가면과 거짓이 폭로되고, 이로 인해 드러난 본색의 세계야말로 진정한 생명력이 발현되는 장이 될 것이라는 메시지를 읽어낼 수 있다. 가면과 탈을 제거한 본색의 세계는 단순히 생명력의 세계가 아니라 좀더 근원적인 의미에서 사랑일 수도 있는데, 다음 시가 그러한 발상을 보여 준다.

나는 블라인드 안에 여자
가로로 열면 가로로 찢기고
세로로 열면 세로로 찢긴다
블라인드를 움직이는 손이 나의 도덕이다
가로이고 세로인 내가
블라인드 밖으로 들어서면
플래시가 터지고 사건 사고가 된다
왜 뒤끝은 언제나 나의 몫인가

블라인드를 찢는다 지금부터 나는 이방인
도덕이 비처럼 쏟아진다
나는 흠뻑 젖는다
나는 비로소 그 무엇이다
부끄럽지도 미안하지도 않다
가로로 만나고 세로로 만나도 괜찮은 난생처음 바깥

내가 블라인드를 찢어버린 것은
도덕 이전으로 가는 도덕
자궁 속으로 다시 들어가려는 알몸의 아기
바깥을 위해 카오스가 긴 동안 준비한 것은 사랑이다

애써 만들지 않아도 처음부터 그냥 사랑

가리지 않으면 된다

최초의 죄 없는 것들이 만들어내는

거룩한 바깥

—「히잡 엘레지」 전문

　블라인드가 시적 주체의 얼굴을 가리고, 자신의 실체를 안에 은폐하는 것이라는 점에서 탈이자 가면이라고 한다면, 그것의 취의인 히잡 또한 탈이자 가면이라고 할 수 있다. 그런데 히잡은 이슬람 문화권에서 여성에게 사회적으로 강요된 도덕이자 관습이라는 점에서 그 폭력적인 성격이 더욱 부각된다. 블라인드인 히잡은 진짜의 얼굴이 드러나지 않도록 숨기고, 또 그 가림막 안으로 존재의 실체를 감금한다는 점에서 이중의 폭력인 셈이다. 외부에서 강요된 척도에 의해서 시적 주체의 삶과 영혼이 재단된다는 점에서 그것은 진정한 도덕이라고 할 수 없으며, 도덕의 탈을 쓴 사이비 도덕이라고 할 수 있을 것이다.

　시적 주체가 그러한 사이비 도덕의 가면을 찢고자 하는 것은 지금까지 살펴본 시적 논리에서 볼 때, 당연한 수순일 것이다. 시적 주체가 "블라인드를 찢"자 진정한 "도덕이 비처럼 쏟아진다". 그것은 사회적 관습의 인위적 산물을 초월한다는 점에서 "도덕 이전으로 가는 도덕"이라고 할 수 있으며, 본색에 기반을 둔 도덕이라고 할 수 있을 것이다. 시적 주체가 "최초의 죄 없는 것들이 만들어내는/ 거룩한 바깥"

이라고 하거나 "자궁 속으로 다시 들어가려는 알몸의 아기"라고 하면서 그 순수함과 무구함을 강조하는 것은 그것의 근원적 성격을 강조하고자 하는 의도라고 할 수 있다. 사회적 필요와 관습에 의해서 탈과 가면을 씌우는 것에 의해 훼손되고 더럽혀진 태초의 순수에 대한 갈망, 곧 훼손되지 않고 있는 그대로의 천품天稟이 보존되는 원형적原型的 상태에 대한 의지는 본색에 대한 열망으로 이해할 수 있다. 시적 주체는 도덕 이전의 도덕, 알몸의 아기로서의 순수성, 그리고 죄 없는 것들이 만들어내는 거룩한 바깥으로서의 본색을 사랑이라고 명명한다. 그것들은 "애써 만들지 않아도 처음부터 그냥" 존재했던 것이기 때문이다. 시적 주체는 그러한 사랑의 발현을 위해서는 "가리지 않으면 된다"고 주장하는데, 이러한 진술은 시인이 탈과 가면, 히잡과 블라인드라는 부정적 계기에 주목하는 이유와 그것으로부터의 해방을 꿈꾸는 궁극적 이유를 암시하고 있다.

3. 너, 그대, 당신의 정체

유혜영 시인의 이번 시집에는 유독, 서정적 독자에 해당되는 '나'라든가 '그대' '당신' 등의 호칭들이 많이 등장하고, 그들을 호명하고 소환하면서 시인은 어떤 안타까움과 열망을 드러내고 있다. 연애시의 형태를 취하고 있는 이러한 시편들이 본색과 본적 등의 우리의 주제와 관련하여 주목되는 이유는 본디의 색깔과 생김새 등의 시적 주체의 본질이 결코 개체적 차원에 국한되지 않을 수도 있다는 메시지 때문이다. 앞서 시인은 「히잡 엘레지」에서 히잡이라는 블라인드, 혹은 가면을 벗기면 드러나는 것이 곧 "애써 만들지 않아도 처음부터 그냥" 존재했던 "사랑"이라고 명명한 바 있다. 그러니까 어떤 사람이나 사물을 몹시 아끼고 소중하게 여기는 마음을 본색이라고 했을 때, 그것의 발현은 곧 관계를 통해서 실현될 수 있다는 전제를 담고 있는 진술인 셈이다. 유혜영 시인이 너와 그대, 혹은 당신에 대해 애타는 마음을 토로하고, 그들에 대해서 애착과 열정을 드러내는 장면들은 따라서 본색의 실현을 위한 하나의 과정으로 이해할 수 있을 듯하다. 작품을 통해서 확인해 보자.

급하게 소환되는 나무

나의 식욕이 고장 난 것은 합리적인 의심이다
나는 동물성을 반환한다
먹히고 또 먹혀도
걷고 걸어도 언제나 일시정지가 되고 만다
아무리 지껄이고 있어도 입 다물어지고
마구마구 잎새로 피어나 쉽게 낙엽이 된다
한없이 뒤척이며 절규하지만
바람에 나부낀다고 하는 예보는 나에게만 들린다

파란과 소란을 갉아 먹기 위해

벌레가 꿈틀거린다

박박 긁는다

아무도 나의 가려움에 반응하지 않는다

세상과 이어진 인대까지 헐거워진 나

끝끝내 자발적 감금 증후군이다

눈동자만 남고 다 굳어버린 몸뚱이

아작아작 먹잇감을 산 채로 씹고 있는

엽기적인 식성에 원초적으로 반응하는 동공

허물어지는 자존감에서 슬며시 눈을 뜬다

식물인간이란 말뜻을 나는 모르는데

나는 여전히 야성적으로 움직이는데

왜 당신만 보지 못하는가

가장 두려운 것은 뜻대로 움직이지 않는

당신의 마음인데……

—「식물성」 전문

　식물성이란 소극적인 태도와 수동성, 혹은 정태성 등의
속성을 환기한다. 시적 논리에 의하면 시적 주체는 "당신"
으로 인해서 그와 같은 식물성의 상태에 빠져든다. "걷고 걸
어도 언제나 일시정지가 되고 만다"라든가 "눈동자만 남고
다 굳어버린 몸뚱이" 등의 구절들은 당신의 영향으로 야기
된 시적 주체의 몸에서 생겨난 결과를 보여 주는데, 이러한

결과는 "당신"이 나에 대해서 지니는 영향력과 절대적 힘을 암시한다. 그러한 힘의 작동에 의해서 시적 주체는 "먹히고 또 먹혀도"에 암시되어 있는 것처럼 수동적인 처지로 전락하고, 일시 정지가 되거나 굳어버리는 등의 무방비 상태, 혹은 정태적인 상태에 빠져들고 마는 것이다. 그런데 시적 주체는 자신의 이러한 상황에 대해서 "끝끝내 자발적 감금 증후군이다"라고 하면서 자신의 몸과 마음이 유폐된 상태에 있음을 고백한다.

탈과 가면, 히잡 등의 시적 기제에서 확인했던 것처럼 감금되고 유폐된 상황은 본색이 가려져서 자신의 천품이 발현되기 어려운 상황을 함축하고 있었다. 이 시에서 시적 주체는 당신으로 인해서 그러한 부정적 상태로 전락해 있음을 고백하고 있는데, 이러한 상황이 바람직하지 못한 것은 말할 필요도 없을 것이다. 그런데 "나는 여전히 야성적으로 움직이는데/ 왜 당신만 보지 못하는가"라는 구절을 보면, 시적 주체의 수동성이나 정태성은 실체의 진실이기 보다는 당신의 무관심과 무지로 인해서 야기된 허상임을 알 수 있다. 그러니까 당신의 나에 대한 무관심과 무지로 인해서 나의 '야성적 움직임'이 가려지고 은폐되고 있는 것이다. 지금까지의 논리로 보면, 당신의 무관심은 나의 본색을 감추고 은폐하는 탈과 가면의 역할을 하는 셈이다. 이렇게 볼 때, "가장 두려운 것은 뜻대로 움직이지 않는/ 당신의 마음인데……"라는 구절은 자신의 본색이 감추어지고 발현되지 않는 상황에 대한 염려와 다를 것이 없는 심경을 표출하고 있는 셈이다.

시인이 당신의 마음을 뜻대로 움직이려고 하는 것, '당신'에게 자신의 본색을 보도록 요구하는 것은 자신의 본색을 찾고자 하는 의지의 발현이라고 할 수 있다. 나와 당신의 구도에서 나의 본색이란 스스로 발견할 수 있는 것이 아니라 당신과의 관계에서, 그리고 당신과의 공감과 연대에서 찾아질 수 있는 것이라는 전제가 잠재되어 있다. 따라서 시적 주체가 '당신'을 애타게 찾는 것은 본색을 위한 여정이라고 할 수 있으며, 찾을 수 없는 당신에 대한 애타는 심정을 토로하는 장면은 그러한 과정에서 겪는 시련이라고 할 수 있을 것이다.

시인은 「당신을 소요逍遙하다」라는 작품에서도 당신으로 향하는 길을 찾을 수 없다는 안타까움을 간절하게 토로하고 있다. "당신은 입구를 끝까지 보여 주지 않는다"는 구절 안에 당신으로 향하는 마음과 거기에 도달할 수 없는 안타까움이 집약되어 있는데, "당신은 풀기 어려운 공식이었을까/ 해석이 안 되는 철학이었을까"라는 구절을 통해서 당신이란 단순히 특정한 인물이나 대상이 아니라 파헤쳐야 할 어떤 신비나 의미, 혹은 도달해야 할 어떤 가치나 목표와 같은 위상을 지니고 있음을 알 수 있다. 그런데 시적 주체는 "당신을 위해서 아니 나를 위해서/ 무작정 문을 두드린다"라고 하면서 당신에 대한 갈망이 곧 자신의 구원과 관련되어 있음을 고백한다. "나는 미아가 되고 만다"는 시구나 "나도 나를 찾을 수가 없다"는 구절 등은 당신의 향배가 진정한 나의 발견과 결부되어 있기에 당신과 맺는 관계가 나의 구원과 직결될 수밖에 없다는 사실을 명시적으로 강조하고 있다.

「잔상」이라는 작품 또한 '당신'의 행방을 찾아서 방황하고 있다. 여기서 당신이란 "번쩍, 플래시가 터"지는 순간, "나를 향한 그의 미소가 잔상으로 남는" 그 순간을 의미하는데, 첫 만남의 날카로운 교감과 울림이 발생했던 시초의 당신이 문제가 된다. 첫 불꽃이 튀던 당신의 이미지는 너무 강렬한 것이기에 그 후로 그 첫 만남과 교감은 그 이후의 시간을 온통 지배하게 되고, "한참 멀리 왔는데도 몇십 년을 한순간에 넘어/ 그 순간으로 되돌아가고"마는 회귀를 반복하게 된다. "카타르시스처럼 각인되어 있"는 "그 한순간이" 모든 시간의 운명을 결정해 놓고 있는 것이다. 그래서 시적 주체는 "완벽한 처방전은 오직 당신의 부활이다"라고 진단하고 있지만, 그러한 처방의 실현이 어려울수록 자신의 본색이 빛났던 결정적 순간에 대한 향수는 더욱 강렬해질 것이다. 그러하기에 그와의 만남과 그것이 발현할 수 있는 가치를 구체적으로 상상하는 작업은 이상한 일이 아니다.

오른쪽 그 아래 왼쪽으로 조금 더 거기 좀 더 깊게
갈피갈피 얼음장 녹는 그곳에 너와 나 둥지 틀까
간질간질, 손만 닿으면 시원하게 열리는 절정에
사랑이라는 예쁜 말 한번 키워볼까

꽃 필 때가 가장 위험하다고 했지

아슬해도 꽃길을 걸어가야 만날 수 있다고 했지
뿌리의 꿈틀거림을 온몸으로 받아
정수리까지 밀어내야 만개라고 했지
캄캄한 진흙 속에서 너에게 다가가고 싶은 나의 열망
곁에 있어도 먼 변방인 것만 같아서 슬픔을 되풀이했지
통증도 세상에 안쪽이라 여기며 견디고 또 견디었지

그러나 지금은 우리에게 주어진 해빙의 시간
심연까지 얼어있는 비애를 녹이는 시간
제 안으로 물길을 내 움츠린 뿌리를 다독이는 시간
두근두근, 심장을 돌아 나온 맑은 물을 퍼 올려
꽃대를 밀어 올리는 떨림이 올 때까지
관절에 힘을 주는 시간

너 하나뿐이어서 너 하나로 가득 찬
길어지는 감옥을 열고
활짝, 망설임 없이 온몸을 풀어헤치는……
—「2월, 연못」 전문

이 작품을 보면, 유혜영 시인의 시 작품에서 시적 주체
가 왜 그토록 당신을 찾아 헤매었는지, 당신의 의미와 가치
가 어디에 있는지를 분명히 알 수 있다. 결론적으로 당신은
앞서 「히잡 엘레지」에서 분석한 것처럼 가면을 찢고 드러난
알몸으로서의 사랑처럼, "사랑이라는 예쁜" 꽃을 피워 올릴

수 있기 때문이다. 시적 주체는 "캄캄한 진흙 속에서 너에게 다가가고 싶은 나의 열망"이라고 하면서 당신과의 합일에 대한 열망을 드러내고 있다. 시적 주체가 '너'와 합일을 꿈꾸는 것은 그것이 "꽃대를 밀어 올"려 "정수리까지 밀어내"는 "만개"에 도달할 수 있는 길이기 때문이다. 만개에 도달하는 시간을 시적 주체는 "해빙의 시간", 혹은 "심연까지 얼어있는 비애를 녹이는 시간"으로 해석하는데, 꽃이 만개하는 시간이 굳어진 땅을 풀어헤치고, 얼어있는 비애를 녹이는 시간일 수 있는 까닭은 그것이 "감옥을 열고" 나오는 해방의 순간이기 때문이다.

시적 주체는 마지막 구절에서 "너 하나뿐이어서 너 하나로 가득 찬/ 길어지는 감옥을 열고/ 활짝, 망설임 없이 온몸을 풀어헤치는……"이라고 하면서 개화의 순간이 해방을 순간이자, 개방의 순간임을 강조하고 있다. 그러니까 개화의 순간이란 '너'를 향한 열망과 너에 대한 혼자만의 고독한 지향이 어떤 결실과 공감을 형성하는 순간인 셈인데, 그것이 개방과 해빙의 이미지와 결합되고 있는 것이다. 탈과 가면 등의 이미지에서 살펴본 것처럼 그것들은 시적 주체의 본색을 은폐하고, 시적 주체의 영혼을 감금하는 등의 부정적인 기능으로 작동하는 기제였다. 그런데 '너'라는 대상과 만나고 공감을 형성함으로써 시적 주체는 감옥을 열어젖히고, 온몸을 풀어헤치는 해방과 해빙의 감각을 경험할 수 있게 된 것이다. 감옥으로부터의 해방과 얼음으로부터의 해빙의 감각은 본색의 발현 과정으로 이해할 수 있으며, 그러한 점에서 '너'라든가 '당신'은 나의 나다움을 실현하게 해주는 중요한 기제로 작동하고 있음을 알 수 있다. 본색의 발현에 주목하는 시적 주체가 '너'라든가 '그대', 혹은 '당신'을 애타게 찾는 이유를 짐작할 수 있다.

4. 본색, 본적, 본래면목을 향한 열망

지금까지 우리는 유혜영 시인의 시편 속에 바둑돌처럼 놓여 있는 '찢기'라든가 '덜기'의 상상력, 그리고 탈, 가면, 히잡 등의 은폐의 기제들에 대한 고찰, 그리고 너, 그대, 당신의 정체와 향방에 대해서 추적하면서 시인이 추구하는 본색에 대한 시의식을 확인해 보았다. 속을 덮고 있는 표면을 찢는다든가, 그 표면을 이루고 있는 탈과 가면 등의 작동방식과 효과 등에 대해서 주목하는 것은 그것들이 은폐하고 있는 진정한 가치로서의 본색을 발굴하는 과정으로서의 여정인 셈이었다. 그대와 당신에 대한 형언할 수 없는 그리움과 지향을 노래하는 연가풍의 시편들 또한 궁극적으로 얼어 있거나 감금되어 있는 진정한 자신의 모습을 발현하고자 하는 욕망에 추동되고 있음을 확인해 보았다. 마지막으로 이제 유혜영 시인이 추구하는 본색과 본적, 본래면목으로서의 시적 지향의 양상과 그 의미에 대해서 조감해 보자. 본색에 대한 시인의 관심은 다양한 작품에서 발견할 수 있는데, 다음과 같이 아무렇게나 뽑아본 시구 속에서도 그러한 지향을 쉽게 발견할 수 있다.

　　벗겨지면 꼼짝없이 확실해지는 태도
　　들키면 본색이 됩니다
　　울음이 묻어나는 오늘, 뜨거움이 잔인함을 품고
　　형형색색 연출하는 매일매일이
　　황홀한 아이러니를 배반하고 있습니다
　　　　　　　　　　　　　　　―「매니큐어의 증언」 부분

　　개인이 피는 것을 지속시키는 것은 오직 개인이다
　　내가 나답게 살아야 진짜 봄이다
　　더 많은 내가 있어야 하고
　　나는 계속 본색을 풀어야 한다
　　개화하지 못한 봉우리를 손으로 감싼다
　　심장 속에서 끝끝내 피우고 말겠다
　　　　　　　　　　　　　　　―「동백서사」 부분

　　고급 외제 차가 숲을 향해 꽁무니를 뺀다
　　본색이 죽고 허상만 남은 현장이다
　　백 년 전이나 지금이나
　　가지지 못한 자는 누렇게 뜬다
　　눈물이 온통 흙탕물이다
　　　　　　　　　　　　　　　―「황설黃雪」 전문

「매니큐어의 증언」은 "화장 속"에 "민낯"을 숨기고 살아가듯이, 위장과 가면을 통해서 본색을 숨기고 살아가는 현대인들의 속성을 비판적으로 성찰하고 있다. 상징계적 질서에 의해 가려진 실제계가 그러한 것처럼 본색이 민낯처럼 결코 아름답거나 고상한 것은 아니다. 그것은 "사실은 잔인합니다"라는 진술처럼 사막처럼 삭막한 현실을 폭로하고 드러냄으로써 잔인한 효과를 산출할 수도 있다. 그래서 현대인들은 화장을 통해서 그것을 가리고 "황홀한 아이러니"의 꿈을 꾸면서 살아가는지도 모른다. 하지만 그것은 거대한 대지를 덮고 있는 아스팔트의 문명처럼 얄팍한 것인지도 모른다.

「동백서사」는 제주도의 4·3사건을 암시하면서 진정한 자아와 본색의 실현이 이 땅의 진정한 봄을 가져올 수 있다고 진술하고 있다. 이 시에서 시적 주체가 "오직 개인"이라고 하면서 개인을 중시하는 것은 이념이나 사상과 같은 공적 담론이 얼마나 폭력적이고 위악적인 모습을 지니고 있는지를 고발하기 위한 의도를 숨기고 있다. "내가 나답게 살아야" 하고, "더 많은 내가 있어야" 한다는 것은 개체적 차원에서의 본색의 실현이 공동체적 본색의 실현을 야기할 수 있음을 강조하기 위한 시적 진술들이다. 그런데 "나는 계속 본색을 풀어야 한다"라든가 "개화하지 못한 봉우리를 손으로 감싼다" 등의 구절을 보면, 본색이란 응결된 얼음이 녹듯이 풀리는 것이라는 점, 그리고 본색은 꽃의 만개와 같은 메커니즘으로 발산되는 것임을 다시금 확인할 수 있다.

「황설黃雪」은 하얀 눈 속에 흙이 섞여 순수성이 더럽혀진 눈이라고 할 수 있는데, 그것이 지배하는 세상이란 곧 "본색이 죽고 허상만 남은 현장이" 될 것이다. "거리가 온통 무덤 속이에요"라는 구절이나 "눈물이 온통 흙탕물이다"라는 구절들을 보면, 본색이 죽고 허상만 남은 현장이 오염되고 전복된 세계로서 생명이 깃들 수 없는 불모지와 같은 것이라는 메시지를 확인할 수 있다. 흰색의 눈에 섞여 있는 이물질과 같은 흙먼지는 탈과 가면처럼 본색이 드러나는 것을 방해하는 기제로서 작동하고 있는 셈이다.

이처럼 유혜영 시인의 시편들에서 궁극적인 관심사라고 할 수 있는 본색에 대한 상념을 다양한 형태로 표출되고 있음을 확인할 수 있다. 본색의 세계가 반드시 아름답고 행복한 삶을 보장하는 것을 아닐 수 있다. 하지만 그것은 가식과 위선으로 점철된 거짓된 삶으로부터 시적 주체를 해방시킬 수 있다는 점에서 중요한 의의를 발견할 수 있다. 또한 그것은 감옥과 같은 구속으로부터 시적 주체를 해방시키고, 얼음과 같이 응결된 어떤 정서적 부자연스러움에서 풀려날 수 있게 한다는 점에서도 주목된다. 하지만 무엇보다 그것은 꽃의 개화처럼 생명력을 고양시킬 뿐만 아니라 본성을 발현한다는 점에서 중요한 의미를 발견할 수 있다. 본색이 지닌 이러한 성향을 다음 작품이 종합적으로 보여 준다.

본적은 눈썹이 편안해지는 곳
세상에 단 하나뿐인 나의 처음

내 아버지의 아버지 또 그 아버지의 아버지처럼

나와 내 아들이 명쾌하게 인증되는 곳

경기도 이천시 장호원읍 오남리 38번지

나는 눈을 감고 걸어간다

돌담을 어루만진다

작은 틈새도 내주지 않는 돌멩이 하나하나가

나의 가계를 단단하게 요약한다

이곳에서 처음부터 나는 무조건 하나뿐인 나였다

누구에게 물어봐도 이름을 대면 다 안다

이름 석 자 적힌 대로 발걸음이 또박또박 놓인다

담장 옆 백일홍은 백날이 가고 또 가도 여전히 백일홍이고

우물가 살구나무도 언제나 있는 그대로 천상 살구나무다

나는 그것들과 눈썹을 맞추며 마루에 올라앉는다

체온이 느껴진다

본적은 여전히 살아있다

독도에게도 본적이 있다

대한민국 경상북도 울릉군 울릉읍 독도리 산 1-96 번지다

여기로부터 우리의 동쪽은 시작되었다

하나뿐인 미명 하나뿐인 동쪽

독도에 가면 나는 매번 머리보다 가슴이 먼저 뛴다

—「본적」 전문

고향을 그린 시 작품들은 많지만, 이 시는 단순히 고향에 대한 정서를 토로하는 작품은 아니다. 본적本籍이란 생명의 기원일 뿐만 아니라 삶의 터전으로서 한 존재자에게 어떤 근원적인 역할을 하는 곳이라고 할 수 있다. 본적은 "아버지의 아버지 또 그 아버지의 아버지"가 태어나고 살다가 죽은 곳이며, 그렇게 대대로 혈육의 끈을 이어온 것이다. 그러하기에 본적은 "눈썹이 편안해지는 곳"일 수 있으며, "세상에 단 하나뿐인 나의 처음"일 수 있다. 본적은 존재의 유일한 근원이기에 특별한 곳이면서 "눈을 감고 걸어"갈 수 있는 너무나 익숙한 곳이기에 어머니의 자궁처럼 편안한 곳일 수 있는 것이다.

하지만 본적이 지니는 무엇보다 중요한 가치는 그것이 본색을 발현할 수 있는 곳이라는 점이다. "이곳에서 처음부터 나는 무조건 하나뿐인 나였다"는 구절에서 이를 확인할 수 있는데, 본적은 시간의 파괴적이고 오염시키는 힘으로부터 자유롭기에 처음부터 본색이 발현된 곳이며, 아직 상징계적 질서와 응시의 시선으로부터 오염되지 않는 곳이기에 분열되지 않는 오롯한 자아가 보존되는 곳이기도 하다. 더욱 주목되는 점은 본적은 시적 주체뿐만 아니라 그곳에 자리 잡고 있는 다양한 존재자들에게도 본색을 발현시킬 수 있는 힘을 제공하고 있다는 점이다. "담장 옆 백일홍은 백날이 가고 또 가도 여전히 백일홍이고/ 우물가 살구나무도 언제나 있는 그대로 천상 살구나무다"라는 구절이 본적에 기거하는 다양한 존재자들이 모두 자신의 고유한 색깔과 특성을 보존할 수 있음을 강조하고 있다.

이러한 본적을 좀더 확대한다면 우리 민족 전체의 본적을 상정해 볼 수 있을 것이다. 우리 민족의 동쪽이 시작된 "독도"가 바로 그러한 것에 해당될 것인데, "독도에 가면 나는 매번 머리보다 가슴이 먼저 뛴다"는 구절은 바로 집단적 공동체의 본적에 대해 개체적 반응을 보여 주는 장면이 될 것이다. 독도는 우리 민족의 공간적인 극단으로서의 본적을 의미하고 있는데, 그것은 극단이라는 점에서 공간이 끝나는 지점이며, 그러한 점에서 시간의 차원과 겹쳐지게 된다. "하나뿐인 미명"이 바로 그러한 메커니즘을 암시하고 있거니와 시인은 백제 문화의 정화라고 하는 '칠지도'를 그린 「백제에서 온 편지」에서는 "얼마나 태초가 되어야 진짜 나를 만날 수 있을까"라고 하면서 진짜 나를 만나기 위해서는 시간을 거슬러 올라가 어떤 시원의 시간으로 회귀해야 하는 것을 암시하고 있다. 유혜영 시인의 이번 시집에서 자꾸 시간을 거슬러 올라가 보려고 하는 충동은 바로 이러한 개체적 본색과 민족적 본색을 향한 시간 여행에 대한 욕망으로 이해할 수 있을 것이다.

지금까지 우리는 '찢기'와 '덜기'의 상상력이 지향하는 목표와 탈과 가면의 이미지들이 지니고 있는 은폐와 폭로의 전언들, 그리고 그대와 당신의 정체성을 통해서 본색의 다양한 특성과 가치를 가늠해 보았다. 그리고 마지막으로 본색이 지닌 다양한 의미와 그것의 발현 방법에 대해서 살펴보았다. 특히 마지막으로는 개체적 차원의 본색이 아니라 민족적 차원의 본색에 대한 성찰과 근원적 시간에 대한 지향을 통한 본색의 계보학에 대한 사유의 단초까지 확인할 수 있었다. 본색과 본적에 몰두하는 시인의 시 의식은 자신의 삶과 사회적 구조를 지배하는 가식과 위선, 거짓과 왜곡의 오염을 거부하고 천연 그대로의 모습으로서 조금도 인위적인 조작이나 가식이 섞이지 않는 진실한 모습을 발견하고자 하는 의도에서 유래한 것이라고 할 수 있다. 그것은 진정한 가능성의 개화, 자신이 지닌 잠재성의 실현을 위한 노력으로 평가할 수 있을 듯하다. 시인의 시적 세계는 앞으로 시간적으로 더욱 깊어지고, 공간적으로 더욱 넓어질 듯하다. 그러한 시적 성숙을 지켜보는 작업은 의미 있고 보람된 관심이 될 것이다.